图书在版编目（CIP）数据

千家诗 / 中华文化讲堂注译. — 北京：团结出版社，2016.11

（谦德国学文库）

ISBN 978-7-5126-4587-5

Ⅰ. ①千… Ⅱ. ①中… Ⅲ. ①古典诗歌—诗集—中国②《千家诗》—注释③《千家诗》—译文 Ⅳ. ①I222.72

中国版本图书馆CIP数据核字(2016)第266602号

出版：团结出版社

（北京市东城区东皇城根南街84号 邮编：100006）

电话：(010) 65228880　65244790　（传真）

网址：www.tjpress.com

Email：65244790@163.com

经销：全国新华书店

印刷：北京天宇万达印刷有限公司

开本：148×210　1/32

印张：8.875

字数：150千字

版次：2017年5月　第1版

印次：2022年2月　第3次印刷

书号：978-7-5126-4587-5

定价：35.00元

《谦德国学文库》出版说明

  人类进入二十一世纪以来,经济与科技超速发展,人们在体验经济繁荣和科技成果的同时,欲望的膨胀和内心的焦虑也日益放大。如何在物质繁荣的时代,让我们获得内心的满足和安详,从经典中获取智慧和慰藉,或许是我们不二的选择。

  之所以要读经典,根本在于,我们应当更好地认识我们自己从何而来,去往何处。一个人如此,一个民族亦如此。一个爱读经典的人,其内心世界必定是丰富深邃的。而一个被经典浸润的民族,必定是一个思想丰赡、文化深厚的民族。因为,文化是民族之灵魂,一个民族如果不能认识其民族发展的精神源泉,必定就会失去其未来的生机。而一个民族的精神源泉,就保藏在经典之中。

  今日,我们提倡复兴中华优秀传统文化,当自提倡重读经典始。然而,读经典之目的,绝不仅在徒增知识而已,应是古人所说的"变化气质",进一步,是要引领我们进德修业。《易》曰:"君子以多识前言往行,以蓄其德。"实乃读经典之要旨所在。

基于此理念，我们决定出版此套《谦德国学文库》，"谦德"，即本《周易》谦卦之精神。正如谦卦初六爻所言："谦谦君子，用涉大川"，我们期冀以谦虚恭敬之心，用今注今译的方式，让古圣先贤的教诲能够普及到每一个人。引导有心的读者，透过扫除古老经典的文字障碍，从而进入经典的智慧之海。

作为一套普及型的国学丛书，我们选择经典，不仅广泛选录以儒家文化为主的经、史、子、集，也将视野开拓到释、道的各种经典。一些大家所熟知的经典，基本全部收录。同时，有一些不太为人熟知，但有当代价值的经典，我们也选择性收录。整个丛书几乎囊括中国历史上哲学、史学、文学、宗教、科学、艺术等各领域的基本经典。

在注译工作方面，版本上我们主要以主流学界公认的权威版本为底本，在此基础上参考古今学者的研究成果，使整套丛书的注译既能博采众长而又独具一格。今文白话不求字字对应，只在保证文意准确的基础上进行了梳理，使译文更加通俗晓畅，更能贴合现代读者的阅读习惯。

古籍的注译，固然是现代读者进入经典的一条方便门径，然而这也仅仅是阅读经典的一个开端。要真正领悟经典的微言大义，我们提倡最好还是研读原本，因为再完美的白话语译，也不可能完全表达出文言经典的原有内涵，而这也正是中国经典的古典魅力所在吧。我们所做的工作，不过是打开阅读经典的一扇门而已。期望藉由此门，让更多读者能够领略经典的风采，走上领悟古人思想之路。进而在生活中体证，方能直趋圣贤之境,真得圣贤典籍之大用。

  经典,是一代代的古圣先贤留给我们的恩泽与财富,是前辈先人的智慧精华。今日我们在享用这一份财富与恩泽时,更应对古人心存无尽的崇敬与感恩。我们虽恭敬从事,求备求全,然因学养所限、才力不及,舛误难免,恳请先贤原谅,读者海涵。期望这一套国学经典文库,能够为更多人打开博大精深之中华文化的大门。同时也期望得到各界人士的襄助和博雅君子的指正,让我们的工作能够做得更好!

团结出版社

2017年1月

前 言

中国，是一个诗的国度。中华民族是一个爱诗的民族。

《毛诗序》里面说："在心为志，发言为诗。"在中国的古典文学当中，诗歌发源最早。早在尧帝时期，就流传有《击壤歌》："日出而作，日入而息；凿井而饮，耕田而食。帝力于我何有哉！"春秋时期，孔子删选上古时期诗歌而编订成《诗经》，被列入"六经"之一。到了唐朝时期，诗歌艺术达到了一个巅峰。清朝时期编撰的《全唐诗》就收录了四万多首诗歌。

在各种儿童启蒙读物中，有一些是古典诗歌的选读本。这其中以《千家诗》和蘅塘退士编选的《唐诗三百首》流传最广，影响也最大，受益者多如恒河沙数，堪称诗苑"双璧"。

《千家诗》所选诗歌大多是唐宋时期的名家名篇，易学好懂，题材包括山水田园、赠友送别、思乡怀人、吊古伤今、咏物题画、侍宴应制等，较为广泛地反映了唐宋时代的社会生活，所以在民间流传广泛，影响极其深远。

虽然号称"千家"，《千家诗》实际只录有诗人一百二十二家。按朝代分的话，唐代有六十五家，宋代有五十二家。此外，还有五代一家，明代两家,无从查考年代的无名氏作者两家。其中选诗最多的是杜甫,共二十五首,其次是李白,共八首。女诗人只选了宋代朱淑真的两首七绝。

《千家诗》的编选经历了不同时代、不同作者。最早的选本,一般认为是南宋刘克庄所编,全名为《分门纂类唐宋时贤千家诗选》,选了唐宋诗人五百六十五家的近体诗一千二百八十一首,其中大部分是宋诗。今天通行本《千家诗》则定型于清代,由两部分组成,即《七言千家诗》和《五言千家诗》。前者成书年代虽然无法确定,但在明代已经非常盛行,后者则是出于明末清初一位醉心于启蒙教育的学者王相之手。后人将两部分合刊,就成了我们今天看到的通行本《千家诗》。

由于《千家诗》两部分的成书时间和编者的不同,因此差异也比较大:前者偏重于启蒙,诗以通俗为主,基本按春夏秋冬四季分类,体现了农耕社会四季生活的方方面面,似一部微型的古代文人生活百科全书,所收既有唐诗,又有宋诗,且宋诗中,收录了有代表性的理学家如邵雍、程颢、朱熹、张栻的数首诗,这显然和当时社会以理学为尊的风潮有关;后者所选以名篇为主,风格淡雅,分类的时序不严格,并且都是唐诗。

《千家诗》收录的写春之作,几乎充满全书。从新春、早春到暮春、晚春,从惜春、赞春到伤春、送春,从晓春、夜春到雨春、晴春,各色咏春怀春之作琳琅满目,美不胜收。孟浩然的《春晓》、杜牧的《江南春》、叶绍翁的《游园不值》、苏轼的《春宵》、王安石的《春夜》、朱熹的《春日》、韩愈的《初春小雨》,都是诗歌爱好者脱口而出的咏春传世杰作。"千里莺啼绿映红"、"春宵一刻值千金"、"万紫千红总是春"、"春到人间草木知"、"春色满园关不住"……等脍炙人口的名句,皆出于这些名家名作之中。

写秋之作,书中所选也不少,数量仅次于咏春之作。因为秋天是收获的季节,歌咏者颇多。颂秋之诗,在唐宋诗里数量巨大、佳作迭出。《千家诗》所选的主要有杜甫、陆游、李白等人的作品,其中李白《秋登宣城谢朓北楼》为上品。陆游《秋思》中的名句"砧杵敲残深巷月,梧桐摇落故园秋",是写秋的佳诗。而张继的《枫桥夜泊》,写深秋的寺庙,十分精当,表现了诗人高超的艺术技巧,一直受到推崇。

写冬之作,书里也不少。苏轼的《冬景》、王淇的《梅》、卢梅坡的《雪梅》、林逋的《梅花》、韩愈的《自咏》,为上乘之作。冬季万物萧疏,独梅花傲雪绽放,故以冬梅比拟傲骨之诗极众。本书中也收入多首。林逋咏梅名句"疏影横斜水清浅,暗香浮动月黄昏"流传很广。卢梅坡的"梅须逊雪三分白,雪却输梅一段香"这两句,也长期得到好评。

《千家诗》的盛行与其内容和选编方式有关。不论是七言部分还是五言部分,编者都有一个明确的定位,即为初学者服务。因此,它就具备了以下几个特点:

其一,为了方便记诵,所选诗都是篇幅短小、易读易诵的五言和七言近体诗。

其二,从俗、从浅着眼,所选诗一般很少用典故,大都是清通浅显的作品,甚至有无名氏作者的打油诗,便于诵读理解。

其三,偏重于写景与抒情,而不注重诗深层的内涵。如开篇第二首诗

《春日》，原题《观书有感》，诗人表面上是写春游的观感，主旨则是为了揭示读圣贤书而领悟到的深刻的哲理，选诗者则将其归入春季诗内，显然是因为诗表面写的是春景。

其四，所选诗的格调一般都以欢快清朗为主，风格温柔敦厚，很少有讽刺现实的作品。

由于《千家诗》具备了以上一些特点，所以成为旧时最受欢迎的启蒙读物之一。

今天时代已经变了，《千家诗》已不再是单纯的启蒙读物，转而拥有更广大的读者群，读者可通过本书，由浅入深，步入更为璀璨的古典诗歌宝库，因此整理出版本书仍是一件很有意义的事。我们这次出版的这本《千家诗》，就是在民国时期广益书局刊行的《白话注解千家诗》的基础上整理而成的，我们在原有基础上，重新增加了注释，对译文也重新进行了润色，个别错误的地方则进行了修改。

衷心希望通过我们的这本小书，能够帮助读者领略中国古典诗歌的巨大魅力。

目 录

卷一 五绝

春 晓 …………………………………………… 3

访袁拾遗不遇 ………………………………… 4

送郭司仓 ……………………………………… 5

洛阳道 ………………………………………… 6

独坐敬亭山 …………………………………… 7

登鹳鹊楼 ……………………………………… 8

观永乐公主入蕃 ……………………………… 9

伊州歌 ………………………………………… 10

左掖梨花 ……………………………………… 11

思君恩 ………………………………………… 12

题袁氏别业 …………………………………… 13

夜送赵纵	14
竹里馆	15
送朱大入秦	16
长干行	17
咏 史	18
罢相作	19
逢侠者	20
江行望匡庐	21
答李澣	22
秋风引	23
秋夜寄丘员外	24
秋 日	25
秋日湖上	26
宫中题	27
汾上惊秋	28
寻隐者不遇	29
蜀道后期	30
静夜思	31
秋浦歌	32
赠乔侍郎	33

答武陵太守 …………………………………… 34

行军九日思长安故园 ………………………… 35

婕妤怨 ………………………………………… 36

题竹林寺 ……………………………………… 37

三闾庙 ………………………………………… 38

易水送别 ……………………………………… 39

别卢秦卿 ……………………………………… 40

答　人 ………………………………………… 41

卷二　五律

幸蜀回至剑门 ………………………………… 45

和晋陵陆丞相 ………………………………… 47

蓬莱三殿侍宴奉勅咏终南山 ………………… 49

春夜别友人 …………………………………… 50

长宁公主东庄 ………………………………… 51

恩赐丽正殿书院赐宴应制得林字 …………… 52

送友人 ………………………………………… 54

送友人入蜀 …………………………………… 55

次北固山下 …………………………………… 56

苏氏别业 ……………………………………… 57

春宿左省	58
题玄武禅师屋壁	59
终南山	61
登总持阁	62
寄左省杜拾遗	63
登兖州城楼	64
送杜少府之任蜀州	65
送崔融	67
扈从登封途中作	68
题义公禅房	69
醉后赠张旭	70
玉台观	71
观李固言	73
旅夜书怀	75
登岳阳楼	76
江南旅情	77
宿龙兴寺	78
题破山寺后禅院	79
题松汀驿	80
圣果寺	81

野　望 ·················· 82

送别崔著作东征 ·········· 83

携妓纳凉晚际遇雨　其一 ···· 84

其　二 ················ 85

宿云门寺阁 ············· 86

秋登宣城谢朓北楼 ········ 87

临洞庭 ················ 88

过香积寺 ·············· 89

送郑侍御谪闽中 ·········· 91

秦州杂诗 ·············· 92

禹　庙 ················ 93

望秦川 ················ 95

同王征君洞庭有怀 ········ 96

渡扬子江 ·············· 97

幽州夜饮 ·············· 98

卷三　七绝

春日偶成 ·············· 101

春　日 ················ 102

春　宵 ················ 103

城东早春 ………………………………… 104

春　夜 …………………………………… 105

初春小雨 ………………………………… 106

元　日 …………………………………… 107

上元侍宴 ………………………………… 108

立春偶成 ………………………………… 109

打球图 …………………………………… 110

宫　词 …………………………………… 111

其　二 …………………………………… 112

咏华清宫 ………………………………… 113

清平调词 ………………………………… 114

题邸间壁 ………………………………… 115

绝　句 …………………………………… 116

海　棠 …………………………………… 117

清　明 …………………………………… 118

清　明 …………………………………… 119

社　日 …………………………………… 120

寒　食 …………………………………… 121

江南春 …………………………………… 122

上高侍郎 ………………………………… 123

绝　句	124
游园不值	125
客中行	126
题　屏	127
漫　兴	128
庆全庵桃花	129
玄都观桃花	130
再游玄都观	131
滁州西涧	132
花　影	133
北　山	134
湖　上	135
漫　兴	136
春　晴	137
春　暮	138
落　花	139
春暮游小园	140
莺　梭	141
暮春即事	142
登　山	143

蚕妇吟 …………………………………… 144

晚　春 …………………………………… 145

伤　春 …………………………………… 146

送　春 …………………………………… 147

三月晦日送春 …………………………… 148

客中初夏 ………………………………… 149

有　约 …………………………………… 150

初夏睡起 ………………………………… 151

三衢道中 ………………………………… 152

即　景 …………………………………… 153

夏　日 …………………………………… 154

晚楼闲坐 ………………………………… 155

山居夏日 ………………………………… 156

田　家 …………………………………… 157

村庄即事 ………………………………… 158

题榴花 …………………………………… 159

村　晚 …………………………………… 160

书湖阴先生壁 …………………………… 161

乌衣巷 …………………………………… 162

送元二使安西 …………………………… 163

题北谢碑	164
题淮南寺	165
秋　月	166
七　夕	167
立　秋	168
七　夕	169
中秋月	170
江楼有感	171
题临安邸	172
晓出净慈寺送林子方	173
湖上初雨	174
入　直	175
水　亭	176
禁　锁	177
竹　楼	178
直中书省	179
观书有感	180
泛　舟	181
冷泉亭	182
冬　景	183

枫桥夜泊 …………………………………… 184

寒　夜 ……………………………………… 185

霜　月 ……………………………………… 186

梅 …………………………………………… 187

早　春 ……………………………………… 188

雪　梅 ……………………………………… 189

又 …………………………………………… 190

答钟弱翁 …………………………………… 191

秦淮夜泊 …………………………………… 192

归　雁 ……………………………………… 193

题　壁 ……………………………………… 194

卷四　七律

早朝大明宫 ………………………………… 197

和贾舍人早朝 ……………………………… 199

和贾舍人早朝 ……………………………… 201

和贾舍人早朝 ……………………………… 203

上元应制 …………………………………… 204

上元应制 …………………………………… 206

侍　宴 ……………………………………… 208

答丁元珍 …………………………………… 209

插花吟 ……………………………………… 210

寓　意 ……………………………………… 211

寒　食 ……………………………………… 212

清　明 ……………………………………… 214

清　明 ……………………………………… 215

郊行即事 …………………………………… 216

秋　千 ……………………………………… 217

曲江对酒 …………………………………… 218

其　二 ……………………………………… 219

黄鹤楼 ……………………………………… 220

旅　怀 ……………………………………… 222

答李儋 ……………………………………… 223

江　村 ……………………………………… 224

夏　日 ……………………………………… 225

辋川积雨 …………………………………… 227

新　竹 ……………………………………… 228

偶　成 ……………………………………… 229

表兄话旧 …………………………………… 230

游月陂 ……………………………………… 231

秋　兴	232
秋　兴	234
秋　兴	235
秋　兴	236
月夜舟中	237
长安秋望	238
新　秋	239
中　秋	240
九日蓝耕会饮	241
秋　思	243
与朱山人	244
闻　笛	245
冬　景	246
冬　景	247
山园小梅	249
左迁至蓝关示侄孙湘	250
干　戈	251
归　隐	253
时世行	255
送天师	256
送毛伯温	257

卷一 五绝

春 晓

孟浩然

春眠不觉晓,处处闻啼鸟①;
夜来风雨声,花落知多少?

【题解】

这首诗,托言春夜安睡,是诗人不欲过问世事,有隐居高卧的意思。孟浩然,字浩然,唐朝时候襄阳人,开元中隐居在鹿门山。

【注释】

①闻啼鸟:即"闻鸟啼"。

【译文】

春天的夜里,睡得很香,不知不觉就天光明亮了,外边处处听到啼叫的鸟声;想起经过昨夜一夜的风吹雨打,树枝上的花朵,不知落下了多少啊。

访袁拾遗^①不遇

孟浩然

洛阳访才子,江岭作流人^②;
闻说梅花早,何如此地春。

【题解】
袁拾遗,洛阳人,是孟浩然的朋友,特地去找访他,因伤感他因罪被放逐,故而作此诗。

【注释】
① 拾遗:官名。
② 流人:被流放的人。

【译文】
我到洛阳找访那位姓袁的才子,谁知他已经犯了罪,被发配到江西庾岭去,做一个流放的人了。听说庾岭的气候,比别处暖和,梅花也比别处开得早,但是那边风景虽好,能比得上自己家园的春色吗?

送郭司仓①
王昌龄

映门淮水绿,留骑主人心;
明月随良掾②,春潮夜夜深!

【题解】

郭司仓是王昌龄的朋友。诗人做这首诗送他,是可惜他离去的意思。王昌龄,字少伯,河东晋阳(今山西太原)人,又一说京兆长安人(今西安)人。740年为江宁丞,世称"王江宁"。开元中官至龙标尉。

【注释】

①司仓:官名,即管粮主簿。
②掾:副官佐或官署属员的通称。

【译文】

月光下的淮水映在门前,碧波荡漾。暂时挽留他驻马,尽我地主之谊。临别的时候,天上的月亮跟随这位好官一同离去。他虽去了,那淮河里的春潮,夜夜都到,情分也同他一样深呢。

洛阳道

储光羲

大道直如发,春日佳气多;
五陵贵公子,双双鸣玉珂。

【题解】

洛阳是唐朝时候的东都,这首诗极写东都富贵豪华的气象。储光羲,唐朝时候润州人,天宝中做御史官。

【译文】

洛阳是个繁华地方,这里的大路和头发一样平直。到了春天,天气好的日子多了起来。试看五陵的豪贵公子,一对对骑着马跑来。只听那佩玉鸣鸾的声音,便可想见这地方的热闹了。

独坐敬亭山

李 白

众鸟高飞尽,孤云独去闲;
相看两不厌,只有敬亭山。

【题解】

敬亭山在今宣州城外,太白做这首诗,是有寄托的。李白,字太白,唐朝人,号青莲居士,又号谪仙,玄宗时官至翰林。

【译文】

那一群的飞鸟,都向着高处飞去,天空中剩下一片孤单的浮云,独自轻飘飘地散去,很是清闲。在这时候,你看我,我看你,两下里都不厌烦的,只有这座敬亭山了。

登鹳鹊楼
王之涣

白日依山尽，黄河入海流；
欲穷千里目，更上一层楼。

【题解】

鹳鹊楼在山西蒲州城，这是一首登楼眺远的诗。王之涣，唐朝诗人。

【译文】

我登上鹳雀楼，已是傍晚时分，但见太阳显耀着白色光芒，靠着四边的山渐渐地落下去；又见那黄河里的水，从西面滔滔地向东面海里流去。若要看到千里以外的景致，只须再走上一层楼，才可以尽兴。

观永乐公主入蕃

孙 逖

边地莺花少,年来未觉新;
美人天上落,龙塞始应春。

【题解】

这首诗是因为当时朝廷以宗女永乐公主,出嫁外蕃,所以有感叹的意思。孙逖,唐朝时候博州人,曾任中书舍人。

【译文】

边远的地方,莺花是很少的,就是到了新年,也不觉得有新鲜气象。现在有这位美人,从天上落将下来,那时边塞地方,才开始有阳和的春色了。

伊州歌
盖嘉运

打起黄莺儿,莫教枝上啼;
啼时惊妾梦,不得到辽西!

【题解】

伊州地在边外,就是古时的伊吾国,这首诗,是替边外妇人思念丈夫做的。据《乐府诗集·伊州》题解,此曲乃是"西京节度盖嘉运所进也。"可见此诗并非盖嘉运所作,金昌绪当为西域地区所进的地方乐曲《伊州歌》配词的人。金昌绪,唐朝玄宗时余杭(今浙江杭州)人。

【译文】

我正在梦里见我的丈夫,偏有那可恨的黄莺儿在啼叫,被它叫醒。所以起来赶打黄莺儿,不许它在树枝上啼叫;它叫的时候惊醒了我的好梦,不能够到辽西去会我丈夫了。

左掖梨花

丘 为

冷艳全欺雪,余香乍入衣;
春风且莫定,吹向玉阶飞。

【题解】

左掖在宫禁的左边,他因为初次做官,所以把梨花比做自己,这首诗是希望皇帝录用自己的意思。丘为,唐朝时候嘉兴人,做太子庶子官。

【译文】

那粉白的梨花,比白雪艳丽,清冷的样子也赛过雪花。虽开在宫禁左近的地方,还有剩下来的香气,飞到衣服上来。但是春天的风,没有定向,请继续吹动它的花瓣,希望这美丽的花朵能飘落在皇宫大殿的玉石台阶上。

思君恩
令狐楚

小苑莺歌歇,长门蝶舞多;
眼看春又去,翠辇①不曾过。

【题解】

这首诗,是描写当时宫内妃嫔盼望皇帝临幸的情状。令狐楚,唐朝时候敦煌人,宪宗时候做宰相,令狐是复姓。

【注释】

①翠辇:饰有翠羽的帝王车驾。

【译文】

小小的花园里,黄莺儿的唱歌声已经停歇,那长门宫里飞舞的蝴蝶,日见增多。眼看大好春光又将过去,为什么皇帝坐的车子,还不曾到这里来呢?

题袁氏别业

贺知章

主人不相识，偶坐为林泉；
莫谩愁沽酒，囊中自有钱。

【题解】
　　别业，就是园林别墅，当日往游袁氏园林，所以做这首诗，寄托自己的兴致。贺知章，字季真，号"四明狂客"，唐朝时候越州永兴（今浙江萧山）人，武后时做学士官。

【译文】
　　我和那别业的主人翁，向来不认识的，今天偶然到此来坐坐，因为这里的林木泉水，实在好玩得很。主人要做东请客，不必忧愁，我的衣袋里，自有买酒的钱呢。

夜送赵纵

杨 炯

赵氏连城璧①,由来天下传;
送君还旧府,明月满前川。

【题解】

赵纵是杨炯的朋友,这天夜里送他回去,所以做这首诗。杨炯,华阴(今属陕西)人,做盈川县的知县,是唐初四大才子之一。

【注释】

①连城璧:战国时,赵国得到一块叫和氏璧的美玉,秦王知道后,要用十五座城池交换,故称连城璧。此处用赵氏喻指赵纵,连城璧喻指其才华。

【译文】

赵国有价值十五座城池的玉璧,向来天下闻名。我今夜送你回到家乡去,空留下一轮明月,仍在这里照着前面的川水。

竹里馆

王 维

独坐幽篁①里,弹琴复长啸;
深林人不知,明月来相照。

【题解】

诗人晚年就住在辋川别墅里,这首诗就是写独居此地时的乐趣。王维,字摩诘,唐太原祁(今陕西祁县)人,唐肃宗乾元年间做过尚书右丞官。

【注释】

①幽篁:幽深的竹林。

【译文】

我一个人独自坐在那幽静的竹林里面,弹了一回琴,又发出长音啸了几声。密林之中何人知晓我在这里?只有一轮明月静静与我相伴。

送朱大入秦

孟浩然

游人五陵①去，宝剑值千金；
分手脱相赠，平生一片心。

【题解】

这是诗人送一个姓朱的朋友去陕西而作的。陕西是古时秦国地方。

【注释】

①五陵：本为汉高祖长陵、惠帝安陵、景帝阳陵、武帝茂陵、昭帝平陵，俱在长安，诗中用作长安的代称。

【译文】

我送远游的人，到陕西五陵去，听说那边的风气，崇尚武侠，宝剑昂贵，价值千金。我如今和你分手，就把这口宝剑送给你，表明我平生待朋友的一片真心。

长干行

崔 颢

君家何处住,妾住在横塘;
停船暂借问,或恐是同乡。

【题解】
长干,地名,离江苏上元县五里,这首诗,是描写游女途遇游子,互相问答的话。崔颢,唐朝时候汴(今河南开封)州人,开元年间官司勋员外郎官。

【译文】
你家住在什么地方啊?我家就住在横塘呢。今天虽你我两不相识,但听口音都是一样的,所以我停了船,暂且问你一声,或者恐怕是同乡哩!

咏 史

高 适

尚有绨袍①赠，应怜范叔②寒；
不知天下士，犹作布衣看。

【题解】
读史时候心有感触，所以做这首诗。高适，字达夫，唐朝时候沧州人，官至考功郎散骑常侍，封渤海侯。

【注释】
①绨袍：用粗丝绸做成的长袍。
②范叔：范睢，古书又作范雎，字叔。战国时期的范睢，由于须贾告状，他被毒打得几乎死去，后来逃到秦国当了宰相。须贾来秦，他特意以贫穷的面貌去相见，须贾送绨袍给他御寒，他感到须贾还有故人之情，就宽恕须贾。出自《史记·范睢蔡泽列传》。

【译文】
须贾是魏国人，还把丝绸的袍子，赠送范叔，是不是可怜他贫寒呢？却不知道范叔已经做了秦国的宰相，依旧把他当做布衣士人看待。

罢相作
李适之

避贤①初罢相，乐圣②且衔杯；
为问门前客，今朝几个来？

【题解】

是诗人罢免丞相职位后所作的诗歌。李适之，唐朝的宗室，天宝中做左丞相，善饮，与李白等自称"饮中八仙"。

【注释】

①避贤：避位让贤，辞去相位给贤者担任。李适之天宝元年任左相，后遭李林甫算计，失去相位。

②乐圣：指爱好喝酒。

【译文】

我因为要给贤者让路，辞了自己的宰相职位，这时候空闲没有事做，爱酒如命正好畅饮举杯。想问问昔日盈门的宾客，今天会有几个还肯前来？

逢侠者

钱 起

燕赵①悲歌士，相逢剧孟②家；
寸心言不尽，前路日将斜。

【题解】

侠者，就是剑客，唐朝时候最盛。钱起，字仲文，唐朝时候吴兴人，官至考功郎中。

【注释】

①燕赵：古时燕、赵两个国出了许多勇士，因此后人就用燕赵人士指代侠士。

②剧孟：汉代著名的侠士，洛阳人。

【译文】

燕赵两处地方，原多慷慨悲歌的士人，却喜今日两下里遇见，相逢于侠士剧孟的故乡洛阳。心中悲壮不平之事向你诉说不完，无奈太阳西斜，只好再次分手而去。

江行望匡庐[①]

钱 起

咫尺愁风雨，匡庐不可登；
只疑云雾窟，犹有六朝僧。

【题解】
在九江船里望见庐山，而做这首诗，寄托自己的兴致。

【注释】
①匡庐：即庐山。

【译文】
我在长江里望见庐山，虽然近在咫尺，只因有了风雨，庐山便不能攀登上去了。这里云雾很多，我便怀疑这云雾的窟穴中，还有那六朝时候的老和尚住着。

答李澣
韦应物

林中观易罢，溪上对鸥闲；
楚俗饶词客，何人最往还？

【题解】

李澣是韦应物的朋友，从楚地做官回来，有诗赠韦，所以韦也做这首诗答他。韦应物，唐朝时候京兆人，官至苏州刺史。

【译文】

我近来闲空得很，在树林里面看《易经》，看完到溪上去散步。那凫水的鸥鸟，竟和我一般悠闲。想你在楚地的时候，那边有很多词家墨客，不知你和哪一个最为交好，时常来来往往呢？

秋风引

刘禹锡

何处秋风至？萧萧途雁群；
朝来入庭树，孤客最先闻。

【题解】
　　这是在客邸伤秋的一首诗。刘禹锡，字梦得，唐朝时候中山人，贞元年间进士，官做到太子宾客，礼部侍郎。

【译文】
　　秋风不知从哪里吹来，在那萧萧声中，送来了一大群鸿雁。清早的秋风已吹入庭前的树上，别人还不会觉得，独有我这孤独的旅人，最先听见这风声了。

秋夜寄邱员外

韦应物

怀君属秋夜，散步咏凉天；
山空松子落，幽人应未眠。

【题解】

员外，官名。邱员外，姓邱名丹，是韦应物的朋友，秋夜怀想着他，所以做这首诗。

【译文】

正当秋天的夜里，我很想念你。在院子里散步，吟咏那新凉天气的诗句。想来空旷的山中，草木渐渐地凋零了，松子也跟着风落下来了，你是个清幽高雅的人，这时候应当还没有安睡吧。

秋 日

耿 湋

返照入闾巷,忧来谁共语?
古道少人行,秋风动禾黍。

【题解】

这是山居寂寞时做的诗。耿湋,唐朝时候河东人,大历年间官至左拾遗。

【译文】

秋天傍晚的太阳,返照在闾门小巷里,我有忧愁的心事,却向什么人去诉说呢?况且这条古道上是少有行人的,只有一阵一阵的秋风,吹动那田野中的禾黍。

秋日湖上

薛莹

落日五湖游,烟波处处愁!
浮沉千古事,谁与问东流?

【题解】

这是湖上怀古的一首诗,有感慨的意思。薛莹,唐朝时候人。

【译文】

太阳落山的时候,我在太湖泛游,见湖上的烟雾和波浪,到处都惹人忧愁。世事如水一般的浮沉,试问千古以来的事情,滔滔地尽付东流,却有哪一个人让我去问询呢?

宫中题

文宗皇帝

辇路生秋草，上林花满枝；
凭高何限意！无复侍臣知。

【题解】

文宗时候，权宦当道，自己抑制不住，所以在宫中怨恨，做这首诗。文宗皇帝，名李昂，唐穆宗子，敬宗弟，在位十四年。

【译文】

宫中的甬道边长起秋草的时候，御花园里的花仍然在枝头上绽放着。现在的我想登上多高的山也不再需要和侍臣们商量了，当然政见也不再需要和他们一致了。

汾上惊秋

苏 颋

北风吹白云,万里渡河汾;
心绪逢摇落,秋声不可闻。

【题解】

诗人奉命出使外蕃,往渡汾河,遇秋有感,所以做这首诗。苏颋,字廷硕,唐朝时候人,玄宗时候做宰相,封许国公。

【译文】

北风吹卷着白云翻滚涌动,我要渡过汾河到万里以外的地方去。心绪伤感惆怅又恰逢草木摇落凋零,我再也不愿听到这萧瑟的秋风。

寻隐者不遇
贾 岛

松下问童子,言师采药去;
只在此山中,云深不知处。

【题解】

这是寻访隐居的朋友没有遇见,有感而作的一首诗。贾岛,字阆仙,唐朝时候范阳人,官至长江尉。

【译文】

苍松下,我询问隐者的童子他的师傅到哪里去了。他说,师傅已经采药去了。还指着高山说,就在这座山中,可是林深云密,我也不知道他到底在哪。

蜀道后期

张 说

客心争日月^①，来往预期程；
秋风不相待，先至洛阳城。

【题解】
这是赠给友人的诗，因为四川路上回来，有事误了日期，所以做这首诗。张说，字道济，唐朝时候洛阳人，玄宗时候做宰相。

【注释】
①争日月：同时间竞争。

【译文】
出门做客人的，心里都希望早些回去，好似跟时间赛跑一样，来往的行程都是预先规划好了的。可谁知天心和人事难以强同，秋风不肯等待，自个儿先到洛阳城去了。

静夜思

李 白

床前明月光,疑是地上霜;
举头望明月,低头思故乡!

【题解】
太白在外边做客,夜里思念家乡,所以做这首诗。

【译文】
　　床前照着明亮的月光,犹如地上铺了一层浓厚的霜,这时我抬起头来,望那天边的月光,忽又低下头去,想起自己的家乡。

秋浦歌

李 白

白发三千丈,缘愁似个长!
不知明镜①里,何处得秋霜?

【题解】

秋浦在安徽贵池县,李白流寓在秋浦,所以做这首诗,发表他心里的感慨。

【注释】

①明镜:借代,喻指秋浦河平静的水面。

【译文】

我头上的白发,算来足有三千丈,只因心里离别的愁恨,也似这白发一般长。却不知道明亮的镜子里面,从哪里得来秋霜一般的白发呢?

赠乔侍郎

陈子昂

汉廷荣巧宦,云阁^①薄边功;
可怜骢马使^②,白首为谁雄?

【题解】

侍郎,官名,姓乔,是陈子昂朋友,因为久不升官,所以赠他这首诗。陈子昂,字伯玉,唐朝时候四川人,做右拾遗。

【注释】

①云阁:指麒麟阁、云台。麒麟阁十一功臣是十一名中国西汉名臣的总称,后世简称麟阁,常与云台二十八将、凌烟阁二十四功臣并提。

②骢马使:指御史。

【译文】

汉朝时候朝廷宠信玩弄权术的官宦,仅把那些立下战功的臣子的画像摆在云台麟阁上,却轻视他们在边塞上立的功劳。可怜那耿直廉明的骢马使,就算做到白了头发,也不知是为了谁发愤辛劳啊。

答武陵太守
王昌龄

仗剑行千里,微躯敢一言;
曾为大梁客,不负信陵①恩。

【题解】
　　武陵就是现在湖南常德,太守就是知府,昌龄和太守作别,所以答他这首诗。

【注释】
　　①信陵:指信陵君,魏国公子,为人好客,门下有三千宾客。

【译文】
　　我倚仗一口宝剑,走了一千里路,来到这里,虽然我身分卑微,却也不敢不发一语。我曾在大梁地方作客,主人待我十分优厚,我始终感念在心,不曾辜负他的恩惠,何况是你啊!

行军九日思长安故园
岑 参

强欲登高去,无人送酒来;
遥怜故园菊,应傍战场开。

【题解】

这首诗,是从军时候思念家乡做的。岑参,唐朝时候人,肃宗朝做御史。

【译文】

今天是重阳佳节,我勉强要登高去,但是这个地方,哪得有人送酒来呢?想起家乡园里的菊花,在这用兵的时候,应该靠着战场边缘开放才好呢。

婕妤怨
皇甫冉

花枝①出建章，凤管发昭阳；
借问承恩者；双蛾②几许长？

【题解】
婕妤就是宫妃，汉朝的班婕妤，这首诗，拟古乐府题，描写宫中妃嫔的怨恨。皇甫冉，字茂政，唐朝的诗人，皇甫，复姓。

【注释】
①花枝：比喻美丽的嫔妃宫女。
②双蛾：女子修长的双眉，借指美人。

【译文】
一群花枝招展的宫女，由建安宫出发，到昭阳宫侍奉皇帝，便听得凤箫的声音从昭阳宫里传出来。试问那得到皇帝恩宠的人，打扮得如何美丽呢？

题竹林寺

朱 放

岁月人间促,烟霞此地多;
殷勤竹林寺,更得几回过。

【题解】

这是游竹林寺题壁的诗。朱放,唐朝时候襄州人,做曹王参军。

【译文】

岁月蹉跎于人间,但烟霞美景却多多地停留在竹林寺附近,没有因为时过境迁而消散。所以留恋着此间的竹林寺,只愿人生在世,能够多来几次。

三闾庙
戴叔伦

沅湘流不尽,屈子怨何深!
日暮秋风起,萧萧枫树林。

【题解】

在今湖南芷江县,屈原职掌昭屈景三姓王族,所以称为三闾大夫,这首诗,是为凭吊屈原而做的。戴叔伦,字幼公,唐朝时候润州人,官至容管经略使。

【译文】

沅水、湘水滚滚向前无穷无尽,屈原遭到奸佞小人打击,不能实现自己宏图大业,哀怨有多么地深。夕阳西下的时候,一阵阵秋风吹起,三闾庙边的枫林萧萧作响。

易水送别
骆宾王

此地别燕丹①,壮士发冲冠②;
昔时人已没,今日水犹寒!

【题解】
易水在现在的河北省境内。这首诗是诗人在易水这个地方与朋友分别时做的。

【注释】
①燕丹:指燕国太子丹。
②发冲冠:形容人极端愤怒,因而头发直立,把帽子都冲起来了。

【译文】
我在这个地方送别你,就想起了从前荆轲在这个地方告别燕太子丹,壮士悲歌壮气,怒发冲冠。但古时的人都已不在了,你看今日的易水,还是这般的寒冷呢!

别卢秦卿
司空曙

知有前期在,难分此夜中;
无将故人酒,不及石尤风①。

【题解】

司空曙,字文明,唐朝时候广平人,官做虞部郎中,司空,复姓。卢秦卿是他的朋友,这首诗是在分别时候做的。

【注释】

①石尤风:据元郭霄凤《江湖纪闻》记载:"石尤风者,传闻石氏女嫁为尤郎妇,情好甚笃。为商远行,妻阻之不从。尤出不归,妻忆之病亡。临亡叹曰:'吾恨不能阻其行以至于此,今凡有商旅远行,吾当作大风,为天下妇人阻之。'自后商旅发船值打头逆风,则日此石尤风也,遂止不纩。妇人以夫为姓,故曰石尤。"

【译文】

我虽是预先约定了再会的日期,但在今天的晚上还是难舍难分。我替你饯行,你不要回绝我这杯酒,不要使"故人酒"反不及一阵打头的逆风啊。

答 人

太上隐者

偶来松树下,高枕石头眠;
山中无历日,寒尽不知年。

【题解】

太上隐者,唐朝人,不著姓名,隐居在终南山,自称太上隐者。有人见他问话,所以做这首诗回答他。

【译文】

我因为一时没有事,偶然走到松树下面来,觉得疲倦了,便把石头当做枕头睡着了。好在深山里面,并没有纪日的历书。就算到了寒气已尽的时候,也不知道是什么年月啊。

卷二 五律

幸蜀①回至剑门
玄宗皇帝

剑阁横云峻,銮舆②出狩③回;
翠屏千仞合,丹嶂五丁④开。
灌木萦旗转,仙云拂马来;
乘时方在德,嗟尔勒铭才⑤!

【题解】

唐玄宗避乱到四川去,次年安禄山平定,肃宗迎帝回銮,路过剑门地方,因此做这首诗。玄宗皇帝,即李隆基,高宗孙,睿宗子,在位四十五年,禅位后,称太上皇七年。

【注释】

①幸蜀:驾临四川。
②銮舆:皇帝的车驾,此处是李隆基自指。
③出狩:皇帝到外地巡视称出狩。
④五丁:神话传说中的五个大力士。
⑤勒铭才:建功立业的才能。

【译文】

剑门山高耸入云,险峻无比;我避乱到蜀,今日得以回京。只见那如翠色屏风的山峰,高有千仞,那如红色屏障的石壁,全凭五位大力士开出路径。灌木丛生,好似缠绕旌旗,时隐时现;白云有如飞仙,迎面拂拭着马来。治理国家应该顺应时势,施行仁德之政,各位大臣,你们平定叛乱,建功立业,是国家的栋梁之才。

和①晋陵陆丞相早春游望

杜审言

独有宦游人②，偏惊物候新；
云霞出海曙，梅柳渡江春。
淑气③催黄鸟，晴光转绿蘋；
忽闻歌古调，归思却沾巾！

【题解】

晋陵就是现在的常州，陆丞相住在晋陵，他有一首早春诗，所以做这首诗和他。杜审言，字必简，唐洛州巩县（今河南巩县人），官至学士，他是杜甫的祖父。

【注释】

①和：指用诗歌应答。
②宦游人：离家作官的人。
③淑气：和暖的天气。

【译文】

世上只有宦途游历的人，容易忘了过去的光阴，等到看见物候一新，不免心里吃惊。你那里晋陵地方，接近江海，看那云霞飞出海面，便知道天要亮了；梅柳渡过江上，方晓得春天已到。和暖的春气催促着黄莺歌唱，晴朗的阳光下绿萍颜色转深。这个时候，忽听得有人唱古时的曲调，触动了我回家去的念头，不觉两眼泪下，湿透罗巾了！

蓬莱三殿[1]侍宴奉勅咏终南山
杜审言

北斗挂城边,南山倚殿前;
云标金阙迥,树杪玉堂悬。
半岭通佳气,中峰绕瑞烟;
小臣持献寿,长此戴尧天。

【题解】

这首诗,是在蓬莱三殿陪侍饮宴,奉了勅旨做的,描写终南山的景象。

【注释】

①蓬莱三殿:唐人皇宫里的大明宫内有紫宸、蓬莱、含元三殿,统称蓬莱三殿。

【译文】

群星璀璨,北斗七星好像挂在长安城边上,峻拔秀丽的终南山,仿佛依靠在蓬莱三殿的前面。华丽的宫殿,就像耸入高高的云端,精美的居室宛如建筑在终南山的树顶上。终南山的半山腰回荡着清新的气息,山峰中环绕着祥瑞的烟霞。小臣我今天持酒向皇帝祝寿,愿李唐王朝永远风调雨顺,国泰民安。

春夜别友人

陈子昂

银烛吐青烟，金尊对绮筵；
离堂思琴瑟，别路绕山川。
明月隐高树，长河没晓天；
悠悠洛阳去，此会在何年？

【题解】

子昂在蜀，要到洛阳去，朋友替他饯行，临别的时候，便做这首诗赠给主人。

【译文】

明亮的蜡烛光中，吐出缕缕的青烟，高举金铸的酒杯，对着华美的筵席。饯别的厅堂里回忆着朋友的情意融洽，分别后要绕山过水，路途遥远，跋涉在山川的中间。回头望那皎皎的明月，已经被高树遮隐了；那耿耿的星河，也因为天亮而没去了。我今远别，千里迢迢地到洛阳地方去，不知什么时候才能相会。

侍宴长宁公主东庄应制

李峤

别业临青甸，鸣銮降紫霄；
长筵鹓鹭集，仙管凤凰调。
树接南山近，烟含北渚遥；
承恩咸已醉，恋赏未还镳。

【题解】
长宁公主，是唐中宗的女儿，特赐东庄，帝后临幸，李峤随驾同往，陪侍饮宴，所以应帝制做这首诗。李峤，字巨山，唐朝时候人，中宗时做宰相。

【译文】
长宁公主的东庄别墅，座落在草木苍翠的近郊，这一天，皇上的车驾仿佛从天而降，来到了这里。举行盛宴，百官齐集，有如鹓鹭一样，群飞而有序；管乐齐奏，宛如凤凰合鸣，曲调优美而动听。东庄别墅古木参天，仿佛与终南山相接，两处的距离显得那样近；庄园里烟雾缭绕，云蒸霞蔚，欲与渭水相映，两地似乎那么远。得到皇上的恩泽，群臣们尽情欢饮，人人都喝醉了；皇帝继续欣赏东庄美景，流连忘返，车驾一时还没有回宫。

恩赐丽正殿书院赐宴应制得林字①

张 说

东壁②图书府,西园③翰墨林;
诵诗闻国政,讲易见天心。
位窃和羹重④,恩叨醉酒深⑤;
载歌春兴曲,情竭为知音!

【题解】

文宗以张说为书院使掌儒臣讲读事。文宗在丽正书院,赐臣子们饮宴,张说应制做这首诗。

【注释】

①应制得林字:奉皇帝之命作诗,分得林字韵。

②东壁:星名,二十八宿之一,主管文章。

③西园:魏武帝建立西园,集文人于此赋诗。这里的东壁与西园,皆代指丽正殿书院。

④位窃和羹重:我忝为宰相,负有调理政治的重任。窃,谦词,窃居。和羹:《尚书·说命下》:"若作和羹,尔惟盐梅。"孔传:"盐,咸;梅,醋。羹须咸醋以和之。"后用以比喻大臣辅助君主综理国政。此处为宰相的代称。

⑤恩叨醉酒深:承蒙皇帝赐宴,不觉喝得酩酊大醉。叨,承受。

【译文】

丽正殿设了书院,成了文人学士聚会赋诗的地方。西园的学士,人才济济,翰墨生香。诵读《诗经》,能了解国家大事;讲习《易经》,可知道天道变数的本源。我忝为宰相,负有辅佐君主治理国家的重任;承蒙皇帝赐宴,不觉喝得酩酊大醉。心情激动,吟咏一支颂扬春和景明的乐曲;竭尽才智来依韵赋诗,以报答皇帝的知遇之恩。

送友人

李 白

青山横北郭①,白水绕东城;
此地一为别,孤蓬②万里征!
浮云游子意,落日故人情;
挥手自兹去,萧萧班马鸣!

【题解】

这是送别朋友时所作的诗。

【注释】

①郭:古代在城外修筑的一种外墙。

②孤蓬:蓬是古书上说的一种植物,干枯后根株断开,遇风飞旋,也称"飞蓬"。诗人用"孤蓬"喻指远行的朋友。

【译文】

青翠的山峦横卧在城墙的北面,波光粼粼的流水围绕着城的东边。在此地我们相互道别,你就像孤蓬那样随风飘荡,到万里之外远行去了。浮云像游子一样行踪不定,夕阳徐徐下山,似乎有所留恋。挥挥手从此分离,友人那匹将要载他远行的马,萧萧长鸣,似乎不忍离去。

送友人入蜀

李 白

见说①蚕丛路②,崎岖不易行;
山从人面起,云傍马头生。
芳树③笼秦栈,春流绕蜀城;
升沉应已定,不必问君平④。

【题解】

这首诗,是送朋友到四川去做的。

【注释】

①见说:唐代俗语,即"听说"。
②蚕丛路:蚕丛是蜀国的开国君王,蚕丛路代称入蜀的道路。
③芳树:开著香花的树木。
④君平:西汉严遵,字君平,隐居不仕,曾在成都以卖卜为生。

【译文】

听说从这里去蜀国的道路,崎岖艰险,自古以来就不易通行。山崖从人的脸旁突兀而起,云气依傍着马头上升翻腾。茂盛的花树笼罩从秦入川的栈道,春江碧水围绕着蜀地的都城。要知道人的命运,原有定数,何必前去问卜,找寻那严君平一流的人物呢?

次^①北固山下

王 湾

客路青山外,行舟绿水前;
潮平两岸阔,风正一帆悬。
海日生残夜,江春入旧年;
乡书^②何处达? 归雁洛阳边。

【题解】

北固山在现在镇江丹徒县北面,临近大江,王湾停舟山下,因此做这首诗。王湾,唐朝时候洛阳人,官至荥阳主簿。

【注释】

①次:旅途中暂时停宿,这里是停泊的意思。
②乡书:家信。

【译文】

旅途在青山外,在碧绿的江水前行舟。潮水涨满,两岸之间的水面显得更为宽阔,顺风行船恰好把帆儿高悬。夜幕还没有褪尽,旭日已在江上冉冉升起,还在旧年时分,江南已有了春天的气息。寄出去的家信不知何时才能到达,只好托归雁带到洛阳那边去。

苏氏别业

祖 咏

别业居幽处，到来生隐心；
南山当①户牖，沣水映园林。
竹覆经冬雪，庭昏未夕②阴；
寥寥人境外，闲坐听春禽。

【题解】

这是在姓苏的别墅里做的诗。祖咏，唐朝时候洛阳人，官至驾部员外郎。

【注释】

①当：对着。
②未夕：还未到黄昏。

【译文】

苏家别墅，是个很幽静的处所，我今日到这地方来，就产生了隐居的念头。南面的高山，正对着这里的窗子；那沣河的流水，掩映着园林的风光。经冬的残雪仍覆盖在竹梢上，太阳未落山庭院已昏暗无光。寂寥的幽境仿佛是世外桃源，闲听春鸟声，慰藉你的愁肠。

春宿左省

杜 甫

花隐掖垣①暮,啾啾栖鸟过;
星临万户动,月傍九霄多。
不寝听金钥②,因风想玉珂;
明朝有封事③,数问夜如何?

【题解】

左省就是左拾遗的衙门,杜甫正做这官,因为春夜值宿,做了这首诗。杜甫,字子美,唐河南巩县(今河南)人。

【注释】

①掖垣:门下省和中书省位于宫墙的两边,像人的两腋,故名。

②金钥:即金锁,指开宫门的锁钥声。

③封事:臣下上书奏事,为防泄漏,用黑色袋子密封,因此得名。

【译文】

花丛暗藏在左掖的墙垣里,天色晚了,投宿的鸟儿,一群群鸣叫着飞过。星光照临着人间万户,似在那里转动;靠近天庭,所得的月光应该更多。我因为值宿不能安眠,只听得金钥的声响;晚风飒飒,想起上朝马铃的音波。明日早朝有封章奏事,所以多次探问这是夜间什么时候了。

题玄武禅师屋壁

杜 甫

何年顾虎头①？满壁画沧洲②；
赤日石林气,青天江海流。
锡飞常近鹤③,杯渡不惊鸥④；
似得庐山路,真随惠远⑤游。

【题解】

杜少陵见玄武和尚壁上的画,所以题这首诗。

【注释】

①顾虎头：晋代画家顾恺之,小字虎头。

②沧洲：滨水的地方,古称隐士所居之地。

③锡飞常近鹤：这是一个典故。梁朝时,僧侣宝志与白鹤道人都想隐居山中,二人皆有灵通,因此梁武帝令他们各用物记下他们要的地方。道人放出鹤,志公则挥锡杖并飞入云中。当鹤飞至山时,锡杖已先立于山上。梁武帝在各自停立之地让他们筑屋居住。

④杯渡不惊鸥：这是画面上画的另一个典故。昔有高僧乘木杯渡海而来,于是称他为杯渡禅师。

⑤惠远：东晋时高僧,住庐山。

【译文】

不知道哪一年顾恺之在这满壁上画了这一幅隐士居地的风景图？红艳艳的太阳，照到山石树林里，云雾缭绕；碧蓝的天空，接江连海，日夜不停地奔流着。志公和尚的禅杖飞舞靠近白鹤道人的仙鹤，高僧乘木杯渡海轻快敏捷得连海鸥都不惊动。我今天看到这幅壁画，好像得到了庐山的路径，真要跟着晋朝的惠远和尚，一同去远游了。

终南山

王 维

太乙①近天都②,连山到海隅;
白云回望合,青霭③入看无。
分野中峰变,阴晴众壑殊;
欲投人处宿,隔水问樵夫。

【题解】

这是游终南山做的诗。王维,字摩诘,祖籍山西祁县,唐朝诗人,外号"诗佛"。

【注释】

①太乙:唐朝人称终南山为太乙山。
②天都:天帝所居,这里指帝都长安。
③青霭:山中的岚气。

【译文】

巍巍的太乙山临近长安城,那山势通连不断,一直到达海边。白色的云,回头向后一望,疑是合拢的;青色的霭,举目往前一看,又像是没有的。中央主峰把终南山东西隔开,山间山谷迥异,阴晴多变。想在山中找个人家去投宿,于是隔水询问那樵夫可否方便。

登总持阁
岑 参

高阁逼诸天，登临近日边；
晴开万井树，愁看五陵烟！
槛外低秦岭，窗中小渭川；
早知清净理，常愿奉金仙①。

【题解】
总持阁在终南山上，这一天登阁游览，所以做这首诗。

【注释】
①金仙：用金色涂抹的佛像。

【译文】
总持阁高峻直逼云天，登上楼阁，好像离着那太阳不远了。倘然在天气晴明的时候俯视，那万家的树木尽收眼底；若在天光傍晚时分，看到五陵的烟气，又未免触动我的离愁。高阁的栏杆外，秦岭反觉得矮了。从窗里望去，渭水也觉得小了。做人能够早知佛教教清净之理，希望经常侍奉佛像。

寄左省^①杜拾遗

岑 参

联步^②趋丹陛，分曹限紫薇^③；
晓随天仗入，暮惹御香归。
白发悲花落，青云羡鸟飞；
圣朝无阙事^④，自觉谏书稀。

【题解】
这时岑参做右补阙，杜甫做左拾遗，同在禁中，所以赠这首诗。

【注释】
①左省：左拾遗居左掖，称为左省。
②联步：同行。
③曹：官署。紫薇：此指朝会时皇帝所居的宣政殿。
④阙事：错失。

【译文】
早晨我和你同班趋进，走上红色的殿阶，回来后分列东西两班，被紫薇花隔开。早上跟了皇帝的仪仗进去，晚上沾染了御炉的香气回来，可怜我头上的白发，同花一样的衰落；青云就在眼前，羡慕鸟儿高飞。圣明的朝代大概没有错事，规谏皇帝的奏章日见稀微。

登兖州城楼

杜 甫

东郡趋庭①日,南楼纵目初;
浮云连海岱,平野入青徐。
孤嶂秦碑②在,荒城鲁殿③余;
从来多古意,临眺独踌躇!

【题解】

兖州在山东省,这时杜甫的父亲,做兖州司马官,杜甫前去省亲,所以上兖州城楼,做这首诗。

【注释】

①东郡趋庭:到兖州看望父亲。
②秦碑:秦始皇命人所记得的歌颂他功德的石碑。
③鲁殿:汉时鲁恭王在曲阜城修的灵光殿。

【译文】

我到东郡来看望我的父亲,初次登上城楼,放眼观看。但见天上浮云,接连着东海和泰山;一片平阳的旷野,仿佛直达青州和徐州。又见那孤高的山峰上,秦始皇的石碑还竖着;荒芜的城池里面,鲁恭王的宫殿还留着。我从来就有怀古伤感之情,在城楼上远眺,独自徘徊,心中十分感慨。

送杜少府之任蜀州

王 勃

城阙辅三秦①，风烟望五津②；
与君离别意，同是宦游人。
海内③存知己，天涯④若比邻；
无为在歧路，儿女共沾巾！

【题解】

一作《送杜少府之任蜀川》。杜少府是诗人的朋友，到四川去做官，所以做这首诗。王勃，字子安，唐朝龙门（今山西河津）人，高宗时做朝散郎，沛王修撰。

【注释】

①三秦：指长安城附近的关中之地，即今陕西省潼关以西一带。秦朝末年，项羽破秦，把关中分为三区，分别封给三个秦国的降将，所以称三秦。

②五津：指岷江的五个渡口白华津、万里津、江首津、涉头津、江南津。这里泛指蜀州。

③海内：四海之内，即全国各地。古代人认为我国疆土四周环海，所以称天下为四海之内。

④天涯：天边，这里比喻极远的地方。

【译文】

巍巍长安,雄踞三秦之地;渺渺四川,却在迢迢远方。你我命运何等相仿,奔波仕途,远离家乡。只要有知心朋友,四海之内不觉遥远。即便在天涯海角,感觉就像近邻一样。岔道分手,实在不用儿女情长,泪洒衣裳。

送崔融
杜审言

君王行出将,书记远从征;
祖帐①连河阙,军麾②动洛城。
旌旃朝朔气,笳吹夜边声;
坐觉烟尘少,秋风古北平。

【题解】

崔融做节度使书记官,是他的友人,今在幕府中从征远行,所以作诗送别。

【注释】

①祖帐:为送别行人在路上设的酒宴帷帐。
②军麾:军旗,这里代指军队。

【译文】

君王发下命令来,差遣大将带兵出去,你是戎幕中的书记官,不得不远远地跟随前去。我看那饯行陈设的帐席,又见那军队出发的声威,震动了洛阳城郭。密密旌旗,早上迎着北方刚劲的北风;喧喧笳鼓,夜间变做边地哀怨的声音。你稳坐中军筹划灭敌计谋,北方的边境秋天就能平定。

扈从登封途中作
宋之问

帐殿郁崔嵬,仙游实壮哉!
晓云连幕卷,夜火杂星回。
谷暗千旗出,山鸣万乘来;
扈从良可赋,终乏掞天①才。

【题解】

登封,县名。这首诗是诗人随从唐高宗去祭祀嵩山,在路上做的。宋之问,字延清,唐朝汾州西河(今山西汾阳)人,一说虢州弘农(今河南灵宝)人。做学士官。

【注释】

①掞(yàn)天:光芒照天。

【译文】

皇上一路巡幸的地方,那些挂的帐幔,好似宫殿一样的壮观。我今番跟着圣驾来游,好比神仙队里的人,实在雄壮极了。清晨云雾连同帐幕涌动卷起,夜间灯火夹杂星光缭绕回旋。幽暗的山谷千旗出动,天子车驾到来,山中响起高呼万岁的声音。我能够躬逢盛典,同来游览,理当做诗献颂,只嫌自己缺乏天赋的才能,不能够做得好诗。

题义公禅房

孟浩然

义公习禅寂①，结宇依空林。
户外一峰秀，阶前众壑深。
夕阳连雨足，空翠落庭阴。
看取莲花净，方知不染心。

【题解】

这是在义公和尚房内题的诗。孟浩然，唐代诗人，本名孟浩，字浩然，世称"孟襄阳"，与另一位山水田园诗人王维合称"王孟"。

【注释】

①禅寂：佛教语。释家以寂灭为宗旨，故谓思虑寂静为禅寂。

【译文】

义公坐禅入定，思惟寂静，依空寂的山林修建了禅房。禅房正对着一座挺拔秀美的山峰，台阶前又与一片深深的幽谷相连。每当雨过天晴之际，夕阳西下，山峦清净，蒸腾的水气飘落，禅房庭院，顿觉空翠阴凉。义公诵读《妙法莲华经》，心里纯净清静，这才知道他一尘不染的虔诚之心。

醉后赠张旭

高 适

世上谩相识,此翁殊不然;
兴来书自圣,醉后语尤颠。
白发老闲事,青云在目前;
床头一壶酒,能更几回眠?

【题解】

张旭字伯高,行九,"饮中八仙"之一,工书法,称为"草圣",又称"张颠",和高适一同畅饮,酒醉后,所以做这首诗赠他。高适,字达夫,唐朝时候沧州人,官至考功郎散骑常侍,封渤海侯。

【译文】

我看世上的人,大都滥交朋友,只有你这位老翁,却与众不同。兴致到了,写起字来,不愧称做圣手;酒醉以后,说出话来,越发显得态度颠狂。现虽头上生了白发,年纪已经衰老,觉得空闲事少,但是还能欣赏天上自由漂浮的白云。床头有一壶酒,试问人生还能有几回醉眠呢?

玉台观

高 适

浩刹因王造,平台①访古游;
彩云萧史②驻,文字鲁恭③留。
宫阙通群帝,乾坤到十洲;
人传有笙鹤④,时过北山头。

【题解】

玉台观是唐高祖的儿子滕王元婴造的,所以这首诗里,多用王子故事。

【注释】

①平台:古迹名,在河南商丘东北。相传为春秋时宋国皇国父所筑。

②萧史:此指传说中秦穆公女弄玉之夫萧史驻于云间事。

③鲁恭:鲁恭王,曾在曲阜城修筑灵光殿。

④笙鹤:传说中王子乔乘鹤飞升成仙的故事。

【译文】

玉台观是滕王建造的,我跑到台上去游览,仿佛看到古时梁孝王建筑的平台。壁画上画有仙人萧史站在彩云之中,石碑上记得有滕王序文,仿佛是鲁恭王在灵光殿留下的文字。玉台观雄伟高耸,直通五方天帝诸神；殿宇中的壁画画出了十洲仙界的仙灵。人们传说听到笙鸣鹤叫，大概是晋人王子乔乘鹤飞过北山头。

观李固言

杜 甫

方丈①浑连水,天台②总映云;

人间长见画,老去限空闻。

范蠡③舟偏小,王乔④鹤不群;

此生随万物,何处出尘氛⑤?

【题解】

　　李固言,唐朝人,在德宗时候做宰相,在代宗时候做过司马官,有山水图卷,图上有诗,所以杜甫做这首诗和他。

【注释】

①方丈:又名方壶,古代传说中海上三座仙山之一。

②天台:即天台山,在今浙江省。

③范蠡:春秋时越国大臣。

④王乔:传说中的仙人王子乔。

⑤尘氛:世俗之气。

【译文】

　　方丈山与茫茫大海连成一片,天台山总是在烟云中若隐若现。我常在人间的画卷中看到这样的美景。如今年纪大了,只能空闻,不能亲临其境。范蠡泛游太湖的船偏小，不能载我同游；王子乔所乘的仙鹤只有一只，不能度我飞升。我一生只能随波逐流，怎样才能摆脱这世俗之气呢？

旅夜书怀

杜 甫

细草微风岸，危樯①独夜舟；

星垂平野阔，月涌②大江流。

名岂文章著，官应老病休；

飘飘何所似？天地一沙鸥。

【题解】

这是杜甫罢官以后，夜坐舟中做的诗，书写自己的怀抱。

【注释】

①危樯：高竖的桅杆。

②月涌：月亮倒映，随水流涌。

【译文】

微风吹拂着江岸的细草，那立着高高桅杆的小船在夜里孤零零地停泊着。星星垂在天边，平野显得格外宽阔；月光随波涌动，大江滚滚东流。我难道是因为文章而著名吗？年老病多也应该休官了。自己到处漂泊像什么呢？就像天地间的一只孤零零的沙鸥。

登岳阳楼

杜 甫

昔闻洞庭水,今上岳阳楼;

吴楚东南坼①,乾坤日夜浮②。

亲朋无一字,老病有孤舟;

戎马关山北,凭轩③涕泗流。

【题解】

这是杜甫登岳阳楼的感怀诗。

【注释】

①坼:分裂,这里引申为划分。

②乾坤日夜浮:日月星辰和大地昼夜的景象一齐纳入湖中。

③凭轩:倚着楼窗。

【译文】

从前耳闻洞庭湖波澜壮阔,今日如愿终于登上岳阳楼。浩瀚的湖水把吴楚两地撕裂,似乎日月星辰都漂浮在水中。亲朋好友们音信全无,我年老多病,乘孤舟四处漂流。北方边关战事又起,我倚着栏杆远望泪流满面。

江南旅情

祖 咏

楚山不可极,归路但萧条;
海色晴看雨,江声夜听潮。
剑留南斗①近,书寄北风遥;
为报空潭橘②,无媒寄洛桥。

【题解】

这是寄寓江南思念家乡的诗。

【注释】

①南斗:星名,南斗六星,即斗宿。古人有"南斗在吴"的说法。
②潭橘:吴潭的橘子。

【译文】

楚地的山脉绵延不断没有尽头,返回故乡的路是如此崎岖萧条。看到东海日出,彩霞缤纷,就知道要下雨了;听到大江波涛澎湃的声音,就知道夜潮来临。我书剑飘零,羁留近于南斗星之下,家乡遥远,家书难收,我家北风之下的大雁,吹到南方而不能北回。吴潭的橘子熟了,想寄一点回家,可惜无人把它带到洛阳。

宿龙兴寺
綦毋潜

香刹夜忘归,松青古殿扉;
灯明方丈①室,珠系比丘②衣。
白日传心净,青莲喻法微;
天花落不尽,处处鸟衔飞。

【题解】

这是春天出去游玩,夜宿在龙兴寺做的诗。綦毋潜,字季进,唐朝时候荆南人,官至著作郎。綦毋,复姓。

【注释】

①方丈:用来指称各寺院之主持者,或长老。
②比丘:佛教指和尚。

【译文】

游到香刹龙兴寺,所见的美景令我忘了回去的时辰,于是只得寄宿一夜,夜色中,大殿高高的门扉上映出了古松清晰的影子。方丈的禅室里灯火通明,几个晚课的僧人正在拨动着念珠诵经。白天这些僧人会向香客们布道,就是阐明佛教宗义,师父们好像口吐莲花,将佛法的精神阐发得微妙广大。这时候殿外会停留一些鸟雀,殿内的法事并不会惊扰它们的自由飞翔。

题破山寺后禅院
常 建

清晨入古寺,初日①照高林;
曲径通幽处,禅房花木深。
山光悦鸟性,潭影②空人心;
万籁③此俱寂,惟闻钟磬音。

【题解】

这是游玩破山寺做的诗(按,破山寺就是现在常熟县虞山兴福寺)。常建,字少府,唐朝时候人,开元中举进士,曾任盱眙尉。

【注释】

①初日:早上的太阳。
②潭影:清澈潭水中的倒影。
③万籁:各种声音。籁,从孔穴里发出的声音,泛指声音。

【译文】

清早我走进这古老寺院,旭日初升映照着山上树林。竹林掩映小路通向幽深处,禅房前后花木繁茂又缤纷。山光明媚,使飞鸟更加欢悦,潭水清澈,也令人爽神净心。此时此刻万物都沉默静寂,只留下了敲钟击磬的声音。

题松汀驿

张　祜

山色远含^①空，苍茫泽国^②东；
海明先见日，江白迥闻风。
鸟道高原去，人烟小径通；
那知旧遗逸，不在五湖中。

【题解】

松汀驿在江苏，这首诗是到吴地访友不遇，题在驿舍墙壁上的。张祜，字承吉，唐清河（今邢台市清河县）人，处士，侨居丹阳。

【注释】

①含：包含。
②泽国：形容水多的地方。

【译文】

青翠的山色连接到遥远的天边，松汀驿在碧波万顷的太湖东岸。早晨湖面明亮的话可以先看到东升的旭日，白晃晃的江面听到远处传来的风声。只容飞鸟通过的狭窄山路能通到高原上去，蜿蜒曲折的小路可以通到村落。那晓得我那些遗世独立的老朋友们，却一个个都不在太湖这里了。

圣果寺

释处默

路自中峰上,盘回出薜萝①;
到江吴地尽,隔岸越山多。
古木丛青霭②,遥天浸白波;
下方城郭近,钟磬杂笙歌。

【题解】

圣果寺在今浙江杭州,处默到寺里来游览,所以做这首诗。释处默,是唐朝时候绍兴和尚。

【注释】

①薜萝:薜荔和女萝。
②霭:同"霭",云气。

【译文】

走到寺里去的这条路,须从凤凰山的中峰上去,盘旋曲折,长满薜荔和女萝。望到江边,方知道东吴的地面已尽了;再向对岸望去,都是绍兴一带的山。丛杂的老树,罩着青色的烟霭;遥远的天空,好似浸入白色的波涛。又向下面一看,城郭近在眼前。寺里钟磬的声音,夹杂着湖上的笙歌声音。

野 望
王 绩

东皋薄暮望,徙倚①欲何依;
树树皆秋色,山山唯落晖。
牧人驱犊返,猎马带禽归;
相顾无相识,长歌怀采薇②!

【题解】
　　这是诗人在东皋避乱时所作。王绩,字无功,绛州龙门(今山西河津)人,隋时做过正字官,避乱隐居东皋,号东皋子,又称斗酒学士。

【注释】
　　①徙倚:徘徊,来回地走。
　　②采薇:薇,是一种植物。相传周武王灭商后,伯夷、叔齐不愿做周的臣子,在首阳山上采薇而食,最后饿死。古时"采薇"代指隐居生活。

【译文】
　　傍晚时分站在东皋纵目远望,徘徊不定,想起自己迁徙无定,不知该归依何方。层层树林都染上秋天的色彩,重重山岭披覆着落日的余光。牧人驱赶着那牛群返还家园,猎人带着猎物驰过我的身旁。大家相对无言,彼此互不相识,我长啸高歌,真想隐居在山冈。

送别崔著作东征

陈子昂

金天①方肃杀,白露始专征;
王师非乐战,之子慎佳兵。
海气侵南部,边风扫北平;
莫卖卢龙塞,归邀麟阁②名。

【题解】

崔著作,指崔融,做节度使的书记官,从军东征时作此诗。

【注释】

①金天:秋天。

②麟阁:即麒麟阁,汉宣帝时曾画十一名功臣的形貌于其上,后来就以麒麟阁作为功成名就的象征。

【译文】

金气正旺的秋天,自有一种肃杀的景象,这时候白露已下,此刻任命大将出征。但王师出征有名,并不是喜欢打仗。崔著作要谨慎地来用兵。无奈海上雾气侵入南部,边地又风声告警,自当先去扫荡平定。切不可把卢龙要塞,暗地里送给敌人。他日得胜回来,定能取得麒麟阁上的勋名。

携妓纳凉晚际遇雨 其一
杜 甫

落日放船好,轻风生浪迟;
竹深留客处,荷净纳凉时。
公子调冰水,佳人雪藕丝;
片云头上黑,应是雨催诗。

【题解】
这是舟中行乐的诗。

【译文】
　　太阳落山,正好是放船乘凉的时机;河上清风吹拂,水面泛起微波。那一边竹林深密,好一个留客的地方;这一边的荷花洁净,正在纳凉的时候。那贵公子,亲自调着冰水;还有那美丽的佳人,歌姬们除掉嫩藕的白丝。忽然抬头一看,天上黑云泛起,要下解暑的雨了,这莫不是雨在催人作一诗么?

其 二
杜 甫

雨来沾席上,风急打船头;
越女红裙湿,燕姬翠黛愁。
缆侵堤柳系,幔卷浪花浮;
归路翻萧飒,陂塘五月秋。

【题解】

这首诗,是描写下雨时的形景。

【注释】

①越女:越地的美女,代指歌妓。
②燕姬:燕地的美女,代指歌妓。

【译文】

雨势来得很急,霎时间沾染在酒席上。风也吹得很急,猛力地击打着船头。歌妓的红裙子已湿透了,愁容满面。船上的缆绳,在堤岸的柳树上系住;窗边的帘幔,被风卷起,像是浪花浮荡一般。等到雨过以后,解缆回去,看那一路的景象,反觉得萧萧飒飒,这池塘里面,好似五月中已变做秋凉天气了。

宿云门寺阁

孙 逖

香阁东山下,烟花象外幽;
悬灯千嶂夕,卷幔五湖秋。
画壁馀鸿雁,纱窗宿斗牛;
更疑天路近,梦兴白云游。

【题解】

这是作者住宿在云门寺阁时所作。

【译文】

香阁在东山的下面,这里的烟景花香,可称得超以象外,十分幽雅的了。阁上挂了灯,外面屏障一般的群山,都在那黑夜中藏着,卷起了帏帘,又觉得这般凉气,好似五湖里交到了秋天。先看那画壁上,还留着鸿雁小影;再望到纱窗里,却供着斗牛二星。这时候,竟然疑惑上天的道路,相离得很近,所以睡后做起梦来,飘然似在白云中往来游玩呢。

秋登宣城谢朓北楼

李 白

江城①如画里，山晚望晴空；
两水②夹明镜，双桥落彩虹。
人烟寒橘柚，秋色老梧桐；
谁念北楼上，临风怀谢公！

【题解】

宣城就是现在安徽宣城县，南齐谢朓做宣城内史，建造这座楼，太白登楼游览，所以做这首诗。

【注释】

①江城：泛指水边的城，这里指宣城。
②两水：指宛溪、句溪。宛溪上有凤凰桥，句溪上有济川桥。

【译文】

江边的城池好像在画中一样美丽，山色渐晚，我登上谢朓楼远眺晴空。楼下的宛水句水像一面明亮的镜子夹城而流；溪上高驾着两座桥，似半天里落下来的彩虹。这里人烟虽是繁密，天气早寒，已见青黄的橘柚了；秋色苍茫，梧桐也已经显得衰退。除了我还有谁会想着到谢朓北楼来，迎着萧飒的秋风，怀念谢先生呢？

临洞庭

孟浩然

八月湖水平,涵虚①混太清。

气蒸云梦泽②,波撼岳阳城。

欲济无舟楫,端居③耻圣明。

坐观垂钓者,徒有羡鱼情。

【题解】

这首诗是浩然游洞庭湖有感而做的。

【注释】

①涵虚:包含天空,指天倒映在水中。

②云梦泽:古时云泽和梦泽指湖北南部、湖南北部一代低洼地区。洞庭湖是它南部的一角。

③端居:安居。

【译文】

八月里秋水涨,几乎与岸相平,水天含混迷茫与天空浑然一体。云梦大泽水气蒸腾白白茫茫,波涛汹涌似乎把岳阳城撼动。我想渡水苦于找不到船与桨,圣明时代闲居委实羞愧难容。闲坐观看别人临河垂钓,只能白白羡慕他人的乐趣。

过香积寺

王 维

不知香积寺,数里入云峰;
古木无人径,深山何处钟?
泉声咽①危石,日色冷青松;
薄暮②空潭曲,安禅制毒龙③。

【题解】

香积寺在长安南子午谷中,这是摩诘过寺游行,登云峰时做的诗。

【注释】

①咽:呜咽。
②薄暮:黄昏。
③安禅制毒龙:安禅为佛家术语,指身心安然进入清寂宁静的境界,在这里指佛家思想。毒龙,佛家比喻俗人的邪念妄想。

【译文】

我不知道香积寺在什么地方,走了几里路,到了云峰下面。只见老树参天,是没有人迹的一条小路;这样深的山,不知哪里来的隐隐钟声。又听得泉水撞击高耸的崖石,那声音好像在轻轻地抽咽;

看那太阳颜色,照在青色的松树上,也觉得寒冷了。到了天光傍晚时候,我伫立潭边,见这里潭水一湾。如果学那高僧的安禅静坐,定可以万念皆空了。

送郑侍御谪闽中

高 适

谪去君无恨，闽中我旧过；
大都①秋雁少，只是夜猿多。
东路云山合，南天瘴疠②和；
自当逢雨露③，行矣慎风波！

【题解】

侍御，官名，姓郑的侍御，是达夫的朋友，贬官到福建去，所以做这首送别的诗。

【注释】

①大都：大概。
②瘴疠：山林湿热地区流行的恶性疟疾等传染病。
③雨露：隐指皇恩。

【译文】

今番贬官到别的地方去，请不要怨恨，因为闽中我以前也曾到访过。那个地方很少看见秋天的雁鸟，但是夜里却常听到很多猿猴的叫声。往东青山与白云接连不断，往南虽然又湿又热，但是瘴气与瘟疫还算温和。你应该很快就会重新蒙受皇上的恩泽，回到朝廷，放心地去吧，但是要注意顺应环境的变化呀！

秦州杂诗
杜 甫

凤林戈未息,鱼海路常难;
候火云蜂峻,悬军幕井干。
风连西极动,月过北庭寒;
故老思飞将,何时议筑坛?

【题解】
杜甫弃官避居秦州时,作有杂诗二十首,这是二十首中的一首。

【译文】
　　凤林的战火,到现到还没有平静,鱼海地方的道路,行走起来非常困难。候望台上的烽火浓烟滚滚,似云峰一般高峻;孤悬边地的军队,帐幕中的井水都干涸了。晚来边风很大,连西极的星斗,也吹得摇摇欲动;月光照着北方的边庭,寒气森森。那些故旧父老们,思念着一个和汉朝李广般的飞将军,只不知什么时候,才议定筑坛拜将的礼节呢?

禹 庙

杜 甫

禹庙空山里,秋风落日斜;

荒庭垂橘柚①,古屋画龙蛇②。

云气生虚壁,江声走白沙;

早知乘四载,疏凿控三巴③。

【题解】

庙在忠州,杜甫去晋谒夏禹王府,所以作这首诗,表敬仰之意。

【注释】

①橘柚:禹治洪水后,人民安居乐业,东南岛夷之民将丰收的桔柚包好进贡。

②龙蛇:指壁上所画大禹驱赶龙蛇治水的故事。

③三巴:东汉末年刘璋分蜀地为巴东郡、巴郡、巴西郡。传说此地原为大泽,禹疏凿三峡,排尽大水,始成陆地。

【译文】

大禹庙坐落于空寂的山谷中,秋风萧瑟冷清,残阳斜照在大殿上。荒芜的庭院里树上挂满了橘子和柚子,古屋的墙壁上还残留着龙与蛇的画像。大禹当年开凿的石壁上云雾缭绕,波涛声阵阵传来,江水沿着白沙之道向东奔流。早就听说大禹乘着四种交通工具治理水患,开凿石壁,疏通水道,使长江之水顺河流入大海。

望秦川

李 颀

秦川朝望迥①,日出正东峰;
远近山河净,逶迤城阙重②。
秋声万户竹,寒色五陵松;
客有归欤叹!凄其③霜露浓。

【题解】

这是诗人将要离开长安时所作的感慨诗。李颀,唐朝时候东川人,开元中进上,仕新乡尉。

【注释】

①迥:遥远。

②重:重叠。

③凄其:寒冷的样子。

【译文】

我清晨从长安出发,回头东望,离秦川已经很远了,太阳从东峰上冉冉升起。天气晴朗,远处的山水明洁清净,可清清楚楚地看见;长安城蜿蜒曲折,重重叠叠宏伟壮丽。秋风吹起,家家户户的竹林飒飒作响,五陵一带的松林蒙上一层寒冷的色彩。我有归去的感叹,这里霜寒露冷,还是回去吧。

同王徵君洞庭有怀

张 谓

八月洞庭秋,潇湘水北流;
还家万里梦,为客五更愁!
不用开书帙①,偏宜上酒楼;
故人京洛满,何日复同游?

【题解】

王徵君是张谓的朋友,今因出使在外,和他泛舟洞庭,作这首感怀诗。张谓,字正言,唐河内(今河南沁阳)朝人,天宝年间的进士,做礼部侍郎。

【注释】

①书帙:书卷的外套。

【译文】

八月里的时候,洞庭湖里,完全变做秋天景象了,那潇水湘水,都向着北面流去。只有我等心里想回家去,空做了万里的好梦,在外作客,免不得五更梦醒后的离愁。哪有情绪开看书帙;还是出去散散闷,到酒楼上叙谈饮酒的好。想起旧时的朋友,住在京城洛阳两处很多,不知到什么时候,重又在一处游玩呢?

渡扬子江

丁仙芝

桂楫①中流望,空波两岸明;
林开扬子驿,山出润州城。
海尽边阴静②,江寒朔吹③生;
更闻枫叶下,淅沥度秋声!

【题解】

唐朝置扬子县,就是现在的瓜埠,这是仙芝渡江时作的诗。丁仙芝,字元贞,唐朝曲阿人,官仟余杭尉。

【注释】

①桂楫:用桂木做成的船桨,指船只。
②边阴静:指海边阴暗幽静。
③朔吹:指北风的呼呼声。

【译文】

船行到江心的时候我抬头远望,只见两岸的景色清晰地映照在辽阔的水面上。扬子驿盖在树林的开阔处,而对面的润州城则矗立在群山中。海的尽头岸边上阴暗幽静,江面上来自北方的秋风吹起了阵阵的寒意。枫叶掉落的淅沥声中,岸边送来了秋天的讯息。

幽州夜饮

张 说

凉风吹夜雨,萧瑟动寒林;
正有高堂宴①,能忘迟暮心②。
军中宜剑舞,塞上重笳音;
不作边城将,谁知恩遇深?

【题解】

幽州大约是现在的河北北部及辽宁一带,就是唐朝的范阳,燕公奉旨巡边,来到幽州,夜里会集将士饮酒,故作此诗。

【注释】

①高堂宴:在高大的厅堂举办宴会。
②迟暮心:因衰老引起凄凉暗淡的心情。

【译文】

幽州地处北方,晚上凉风吹起细雨绵绵,寒冷之气袭来,使树林萧瑟。军中的高堂之上,正在举行宴会,怎能使我暂时忘掉自己的迟暮之心?军营里面,佐酒取乐,只宜舞剑;但是边塞上所最注重的,却是胡笳的声音。如果我不做这边城的将领,怎么知道皇上对我恩遇之深呢。

卷三 七绝

春日偶成

程 颢

云淡①风轻近午天,
傍花随柳过前川;
时人不识余心乐②,
将谓偷闲学少年。

【题解】

这是春天行乐的诗,写闲居乐道的雅趣。程颢,字伯淳,"北宋五子"之一,河南洛阳人,理学奠基人之一,人称明道先生,与其弟程颐合称"二程"。

【注释】

①云淡:云层淡薄,指晴朗的天气。
②时人:一作"旁人"。余心:我的心。余:一作"予",我。

【译文】

淡淡的云在天上飘,风儿吹拂着我的脸庞,此时此刻已近正午,我穿行于花丛之中,沿着绿柳堤岸,不知不觉间来到了前面的河边。现在的人不理解我此时此刻内心的快乐,还以为我在学年轻人的模样,趁着大好时光忙里偷闲呢。

春 日
朱 熹

胜日寻芳泗水滨①,
无边光景一时新;
等闲识得东风面,
万紫千红总是春。

【题解】
这是游春诗,诗人将圣人之道比作催发生机、点燃万物的春风,属于寓理趣于形象之中的哲理诗。朱熹,字元晦,南宋时候新安人,官至焕章阁待诏,封谥号徽国文公,后人称为紫阳夫子。

【注释】
①胜日:天气晴朗的好日子。寻芳:游春,踏青。此处指求圣人之道。泗水:河川名。源出山东省泗水县陪尾山,分四源流因而得名。暗指孔门,代指圣人之道。

【译文】
天气晴明的好日子,出去寻访花柳,走到了泗水的岸边,无边无际的风光焕然一新。能教寻常的人,也认识春风的面貌,觉得百花齐放、万紫千红的,到处都是春天的景致。

春 宵
苏 轼

春宵①一刻值千金,
花有清香月有阴②;
歌管楼台声细细,
秋千院落夜沉沉。

【题解】

这是春天夜里做的诗。苏轼,字子瞻,号东坡,宋朝时候眉州人,官至礼部尚书,谥文忠公。

【注释】

①春宵:春夜。
②月有阴:指月光在花下投射出朦胧的阴影。

【译文】

春天的夜晚,即便是极短的时间也十分珍贵。花儿散发着丝丝缕缕的清香,月光在花下投射出朦胧的阴影。楼台深处,富贵人家还在轻歌曼舞,那轻轻的歌声和管乐声还不时地弥散于醉人的夜色中。夜已经很深了,挂着秋千的庭院已是一片寂静。

城东早春
杨巨源

诗家清景在新春,
绿柳才黄半未匀;
若待上林①花似锦,
出门俱是看花人②。

【题解】

这首诗,是把早春比作拔取贤才。杨巨源,字景山,唐朝时候蒲东人,贞元年间进士,官做到河中少尹。

【注释】

①上林:上林苑,故址在今陕西西安市西,建于秦代,汉武帝时加以扩充,为汉宫苑。诗中用来代指唐朝京城长安。

②看花人:此处双关进士及第者,唐时举进士及第者有在长安城中看花的风俗。

【译文】

凡是做诗的名家,要描写清新景致,都在这新春时候;因为碧绿的杨柳,才刚透出淡黄的嫩叶,颜色还有一半未曾匀净,好比读书新进,还未出去做官的样儿。如果等到做了官,便像上林苑里的花朵,开得和锦绣一般,那时走出门去,都是些看花人了。

春 夜

王安石

金炉香烬漏①声残,
翦翦②轻风阵阵寒;
春色恼人眠不得,
月移花影上栏杆。

【题解】

这是春夜不眠,触动了心事做的诗。王安石,字介甫,宋朝临川人,神宗时做宰相,封谥荆国文公。

【注释】

①漏:古代计时用的漏壶。
②翦翦:形容初春的寒风削面,尖刻刺骨。

【译文】

夜已经深了,香炉里的香早已经燃尽,漏壶里的水也快漏完了。后半夜的春风给人带来阵阵的寒意。然而春天的景色却使人心烦意乱,夜里睡不安稳;眼看那月亮移着花的影儿,慢慢地爬上栏杆去了。

初春小雨

韩 愈

天街小雨润如酥①,
草色遥看近却无;
最是②一年春好处,
绝胜③烟柳满皇都。

【题解】

这是赞美初春小雨的诗。韩愈,字退之,唐河内河阳(今河南孟县)人,郡望昌黎。官至礼部尚书,封昌黎伯,谥文公。

【注释】

①润如酥:细腻如酥。酥,动物的油,这里形容春雨的细腻。
②最是:正是。
③绝胜:远远胜过。

【译文】

京城大道上空丝雨纷纷,它像酥油般细密而滋润,远望草色依稀连成一片,近看时却显得稀疏零星。总之一年的景致,要算初春最好,比较三春时的烟柳阴浓,绕满皇都,还要胜过几分呢。

元 日
王安石

爆竹声中一岁除，
春风送暖入屠苏①；
千门万户瞳瞳日，
总把新桃②换旧符。

【题解】

这是正月初一做的诗。

【注释】

①屠苏：指屠苏酒，饮屠苏酒也是古代过年时的一种习俗，大年初一全家合饮这种用屠苏草浸泡的酒，以驱邪避瘟疫，求得长寿。

②桃：桃符，古代一种风俗，农历正月初一时人们用桃木板写上神荼、郁垒两位神灵的名字，悬挂在门旁，用来压邪。

【译文】

阵阵轰鸣的爆竹声中，旧的一年已经过去；和暖的春风吹来了新年，人们欢乐地畅饮着新酿的屠苏酒。初升的太阳照耀着千家万户，他们都忙着把旧的桃符取下，换上新的桃符。

上元侍宴

苏 轼

淡月疏星绕建章,
仙风吹下御炉香。
侍臣鹄立①通明殿,
一朵红云捧玉皇。

【题解】

正月十五称做上元节,东坡在宫中侍宴,故作此诗。

【注释】

①鹄立:像天鹅一样引颈而立,形容直立。

【译文】

　　淡淡的月光,稀疏的星星,围绕着建章宫阙。皇宫的气象犹如仙境一般,香烟缭绕,散下御前金炉中的香气。那一班陪侍皇上饮酒的臣子,像鸿鹄一般,排列在通明殿里,好似空中一朵红云,捧住了天上的玉皇。

立春偶成

张　栻

律回^①岁晚^②冰霜少，
春到人间草木知；
便觉眼前生意^③满，
东风吹水绿参差。

【题解】

这是立春时作的诗。张栻，字敬夫，号南轩，南宋汉州绵竹（今四川省绵竹县）人，任修撰官，与朱熹，吕祖谦并称"东南三贤"。

【注释】

①律回：即大地回春的意思。
②岁晚：写这首诗时的立春是在年前，民间称作内春，所以叫岁晚。
③生意：生机，生气。

【译文】

岁律回转时，已近年终，天气渐渐转暖，冰霜自然少了，春天悄悄地来到人间，所以草木也能够预先知道呢。眼前的一派绿色，充满了春天的生机。一阵东风吹来，荡漾起层层的绿色波纹。

打球图
晁说之

闾阖①千门万户开,
三郎②沉醉打球回;
九龄③已老韩休④死,
无复明朝谏疏来。

【题解】

此诗通过题咏画中的史实来抒发诗人对现实的感慨。晁说之,字以道,自号景迂生,宋朝时候人,官至秘阁正字,兼右补阙。

【注释】

①闾阖:宫门。
②三郎:即唐玄宗。
③九龄:张九龄,唐玄宗时贤相,诗人。
④韩休:唐玄宗时贤相。

【译文】

重重的宫阙中,千门万户一齐开放了,喝得醉醺醺的唐玄宗,从外面打球回来了。这时候,张九龄年纪已老,韩休也因病身死,朝中没有了贤相,只怕到了明天的早朝,再没有直言进谏的人,把奏章呈上来了。

宫 词

林 洪

金殿①当头紫阁②重,

仙人掌③上玉芙蓉④。

太平天子朝元⑤日,

五色云车驾六龙。

【题解】

拟唐人元旦宫词。林洪,字梦屏,宋朝莆田(今福建)人,著《宫词百首》。

【注释】

①金殿:皇帝的宫殿,此指唐朝建于骊山的华清宫。
②紫阁:指华清宫中的朝元阁,是唐代皇帝祭祀道教太上老君(老子)处。
③仙人掌:朝元阁外有数丈高铜柱,柱上有仙人像,手捧承露盘接天露。
④玉芙蓉:承露盘,盘作荷花(芙蓉)状。
⑤朝元:朝拜太上老君。唐朝崇尚道教,封太上老君为玄元皇帝。

【译文】

金碧辉煌的宫殿前,朝元阁层叠高耸;阁旁竖立的金铜仙人,掌上高擎着玉芙蓉。太平无事的年代,天子前来朝拜太上老君。华丽的车驾像五色云彩,拉车的马儿神骏似龙。

其 二

林 洪

殿上衮衣①明日月，
砚中旗影动龙蛇②；
纵横礼乐三千字，
独对丹墀③日未斜。

【题解】
这是看到殿上考试时作的诗。

【注释】
①衮衣：帝王和三公所穿的绘有龙的图案的礼服，这里借指皇帝。
②动龙蛇：似龙蛇在舞动。
③独对：宋朝设有特荐的科举，若对策者得到皇帝赏识，就赐进士及第，所以称为独对。丹墀：红色的台阶。

【译文】
士子们在金殿上考试。皇帝身上穿的龙袍，光辉可昭日月，又见砚池里的水，有旌旗的影子摇动，飞舞似龙蛇舞动。应试的人对答如流，洋洋洒洒几千言，一挥而就，奔放自如。所有的考对都完了，殿前台阶上的太阳还没有西斜呢。

咏华清宫

杜 常

行尽江南数十程①,
晓风残月入华清;
朝元阁上西风急,
都入长杨②作雨声。

【题解】

后代以华清宫为题的咏史诗以宋杜常的这首为最。杜常,字正甫,卫州(今河南卫辉)人。关于作者坊间多作王建,本书据《宋诗纪事》引《河上楮谈》改。《宋诗纪事》题作《题华清宫》。

【注释】

①数十程:数十个驿站的路程。

②长杨:长杨宫,汉代的宫殿名,在今陕西省周至县东南。宫中种白杨树数亩,故名。

【译文】

我在江南通过艰辛长途跋涉,越过数十个驿站的路程,终于冒着冷冷的晓风来到了西安华清宫。听得那座朝元阁上,西风吹得很急,大风卷着雨滴落入了长杨宫中,远远地可以听到凄清的雨声。

清平调词

李 白

云想衣裳花想容,
春风拂槛①露华浓②;
若非群玉山头见,
会向瑶台月下逢。

【题解】

唐明皇和杨贵妃在沉香亭上赏牡丹花,召李白做《清平调词》三首,这是第一首。

【注释】

①槛:栏杆。

②露华浓:牡丹花沾着晶莹的露珠更显得颜色艳丽。

【译文】

看了天上灿烂的彩云,便想见她衣裳的华艳;看了园中美丽的鲜花,便想见她光彩照人的容貌。春风拂着窗槛,牡丹花沾着晶莹的露珠更显得颜色艳丽。若不是在群玉山头见到了她,就是在瑶池的月光下来相逢。

题邸间壁

郑 会

酴醾^①香梦怯春寒,
翠掩重门燕子闲;
敲断玉钗红烛冷,
计程应说到常山。

【题解】

这是他从家里到常山地方来,在旅邸壁上题的诗。郑会,字文谦,号亦山,南宋贵溪(今江西)人,宁宗嘉定四年进士。

【注释】

①酴醾〔tú mí〕:酴醾,也作荼蘼、荼縻等,蔷薇科落叶小灌木,暮春时开花,有香气。

【译文】

晚春的深夜,春寒阵阵,酴醾花已经开了,香气送入闺妇的梦中;翠绿花木掩映着一道道的院门,燕子也安闲地歇息了。思念远人敲断玉制的头钗,烛光渐渐地黯淡下来,房中更显得清冷;计算着出门人的行程,按说他们该到常山地界了吧。

绝 句

杜 甫

两个黄鹂鸣翠柳,
一行白鹭上青天;
窗含西岭千秋雪①,
门泊东吴万里船②。

【题解】

这是春天对景言情的诗。

【注释】

①千秋雪:指西岭雪山上千年不化的积雪。
②万里船:不远万里开来的船只。

【译文】

　　两只黄鹂在翠绿的柳树间婉转地歌唱,一队整齐的白鹭直冲向蔚蓝的天空。我坐在窗前,可以望见西岭上堆积着终年不化的积雪,门前停泊着自万里外的东吴远行而来的船只。

海 棠

苏 轼

东风袅袅①泛崇光②,
香雾空濛月转廊;
只恐夜深花睡去,
故烧高烛照红妆③。

【题解】
这是喜爱海棠花的诗。

【注释】
①袅袅:微风轻轻吹拂的样子。
②崇光:高贵华美的光泽,指正在增长的春光。
③红妆:用美女比海棠。

【译文】
一阵阵的东风吹来,轻轻款款,柔弱无力,似在崇光殿上一般,香气氤氲的烟雾中,空空濛濛,月光已转到回廊边了。这时候夜静更深,我害怕在这深夜时分,花儿会睡去,因此燃着高高的蜡烛,不肯错过欣赏这海棠盛开的时机。

清 明

王禹偁

无花无酒过清明,
兴味萧然似野僧;
昨日邻家乞新火,
晓窗分与读书灯。

【题解】

这首诗,是写寒士遇清明节的景况。王禹偁,字元之,山东巨野人,诗人、散文家,宋初有名的直臣,敢于直谏。太平兴国八年进士,历任右拾遗、左司谏、知制诰、翰林学士。

【译文】

我是在无花可观赏、无酒可饮的情况下过这个清明节的,这样寂寞清苦的生活,就像荒山野庙的和尚,一切对于我来说都显得很淡漠,昨天从邻家讨来新燃的火种,在清明节的一大早,就在窗前点灯,坐下来潜心读书。

清 明

杜 牧

清明时节雨纷纷,

路上行人欲断魂;

借问酒家何处有,

牧童遥指杏花村。

【题解】

这是因清明遇雨而作的诗。杜牧,字牧之,号樊川居士,京兆万年(今陕西西安)人,唐代诗人。

【译文】

江南清明时节细雨纷纷飘洒,路上羁旅行人个个落魄断魂。便向路旁借问一声,卖酒的人家在哪里,恰巧有个牧牛童子,伸手远远地一指,分明是前面的杏花村。

社 日[①]
王驾

鹅湖山下稻粱肥,
豚栅鸡栖[②]半掩扉;
桑柘影斜春社散,
家家扶得醉人归。

【题解】

此诗写了一个村庄社日的欢乐景象,描绘出一幅富庶、兴旺的江南农村风俗画。王驾,唐代诗人,字大用,诰命守素先生,河中(今山西永济)人。一说作者为张演。

【注释】

①社日:古代祭祀土地神的节日,春秋各一次,称为春社和秋社。

②豚栅:猪栏。鸡栖:鸡窝。

【译文】

鹅湖的山脚下,田里种的稻粱长势喜人,已经快成熟了。家家户户猪满圈,鸡成群,都半掩着门。这时候,太阳照在桑树和柘树上,影子越来越长,春社的欢宴才渐渐散去,喝得醉醺醺的人在家人的搀扶下高高兴兴地回家。

寒 食

韩 翃

春城无处不飞花,
寒食①东风御柳斜;
日暮汉宫②传蜡烛③,
轻烟散入五侯④家。

【题解】

这是宫里过寒食节的诗。韩翃（hóng）,字君平,南阳（今河南南阳）人,唐代诗人,"大历十才子"之一。

【注释】

①寒食:古代在清明节前两天的节日,焚火三天,只吃冷食,所以称寒食。

②汉宫:这里指唐朝皇宫。

③传蜡烛:寒食节普天下禁火,但权贵宠臣可得到皇帝恩赐而得到燃烛。

④五侯:汉成帝时封王皇后的五个兄弟王谭、王商、王立、王根、王逢时皆为侯,受到特别的恩宠。这里泛指天子近幸之臣。

【译文】

暮春时节,长安城处处柳絮飞舞、落红无数,寒食节东风吹拂着皇家花园的柳枝。夜色降临,宫里忙着传蜡烛,袅袅炊烟散入王侯贵戚的家里。

江南春

杜 牧

千里莺啼绿映红,
水村山郭①酒旗风;
南朝四百八十寺②,
多少楼台③烟雨中。

【题解】

江南是指江苏一带地方,这首诗是描写江南春景的。

【注释】

①郭:外城。此处指城镇。

②四百八十寺:南朝皇帝和大官僚好佛,在京城(今南京市)大建佛寺。这里说四百八十寺,是虚数。

③楼台:楼阁亭台,此处指寺院建筑。

【译文】

江南大地,鸟啼声声,红花和绿树相映成趣,还有那水畔的村庄、山边的城郭,挑出卖酒人家的旗子,随风飘荡。我看了眼前的景致,想起南朝梁武帝时代,遗留下多少座古寺,全笼罩在风烟云雨中。

上高侍郎

高 蟾

天上碧桃和①露种,
日边红杏倚云栽;
芙蓉生在秋江上,
不向东风怨未开。

【题解】

高侍郎,名骈,这诗是拿桃杏比高骈,是把芙蓉比自己。高蟾,唐代诗人,生卒年不详,郡望渤海(今河北沧州一带)人。

【注释】

①天上:指皇帝、朝廷。碧桃:传说中仙界有碧桃。和:带着,沾染着。

【译文】

天上的碧桃树沾染着雨露种下,太阳边的红杏倚靠着云彩而栽。芙蓉长在萧瑟的秋天的江边,但不抱怨春风不让她及时开放。

绝 句

僧志南

古木阴中系短篷,
杖藜①扶我过桥东;
沾衣欲湿杏花雨②,
吹面不寒杨柳风③。

【题解】

这是一首春游诗。僧志南,僧是和尚,志南是法名,宋朝人。

【注释】

①杖藜:"藜杖"的倒文。藜,一年生草本植物,茎杆直立,长老了可做拐杖。

②杏花雨:清明前后杏花盛开时节的雨。

③杨柳风:人把应花期而来的风,称为花信风。从小寒到谷雨共二十四候,每候应一种花信,总称"二十四花信风"。其中清明节尾期的花信是柳花,或称杨柳风。

【译文】

我在高大的古树阴下拴好了小船,拄着拐杖,走过小桥,恣意欣赏这美丽的春光。杏花时节的蒙蒙细雨,像故意要沾湿我的衣裳似的下个不停。阵阵微风,吹着我的脸已不使人感到寒;它舞动着嫩绿细长的柳条,格外轻飏。

游园不值①

叶绍翁

应怜②屐齿印苍苔,
小扣柴扉③久不开;
春色满园关不住,
一枝红杏出墙来。

【题解】

这是往游小园,不曾遇见朋友做的诗。叶绍翁,字嗣宗,号靖逸,龙泉人,祖籍建阳,南宋文学家、江湖诗派诗人。

【注释】

①值:遇到。
②应怜:大概是感到心疼吧。
③柴扉:用木柴、树枝编成的门。

【译文】

也许是园主担心我的木屐踩坏他那的青苔,轻轻地敲柴门,久久没有人来开。可是这满园的春色毕竟是关不住的,你看,那儿有一枝粉红色的杏花伸出墙头来。

客中^①行

李 白

兰陵美酒郁金香,
玉碗盛来琥珀光;
但使^②主人能醉客,
不知何处是他乡?

【题解】

这是叙述客中状况做的诗。

【注释】

①客中:指旅居他乡。

②但使:只要。

【译文】

兰陵美酒甘醇,就像郁金香芬芳四溢。兴致来了盛满玉碗,泛出琥珀的光彩,晶莹迷人。主人端出如此好酒,定能醉倒他乡之客。最后哪能分清哪里是家乡哪里是他乡呢?

题 屏

刘季孙

呢喃燕子语梁间，
底事①来惊梦里闲？
说与旁人浑②不解，
杖藜携酒看芝山。

【题解】

这是在屏风上题的诗。刘季孙，字景文，宋朝祥府（今河南开封）人。

【注释】

①底事：何事，什么事。
②浑：都，全部。

【译文】

梁间传出燕子的啼声，呢呢喃喃的。它们在说什么？竟将我的闲梦惊醒了。你们的话，就算讲给旁人去听，也是茫然不解的，倒不如扶着藜杖，拿着好酒，去看那芝山的风景吧。

漫 兴①
杜 甫

肠断春江欲尽头,
杖藜徐步立芳洲②;
颠狂③柳絮随风舞,
轻薄桃花逐水流。

【题解】

这首诗,是见了残春景象做的,有感慨的意思。

【注释】

①漫兴:随性而至,信笔写来。
②芳洲:长满花草的水中陆地。
③颠狂:放荡不羁。

【译文】

都说春江景物芳妍,而三春欲尽,怎么会不感到伤感呢?挂着拐杖漫步江头,站在芳洲上,只看见柳絮如颠似狂,肆无忌惮地随风飞舞,还有那轻薄的桃花追逐流水而去。

庆全庵桃花
谢枋得

寻得桃源好避秦,
桃红又是一年春;
花飞莫遣随流水,
怕有渔郎来问津①。

【题解】
　　作者身处乱世,眼见山河破碎,国土沦丧,忧心忡忡。即使庵中桃花盛开诗人也无法欢喜,借景抒情,营构可以避难的"桃花源"。谢枋得,南宋文学家。字君直,号叠山。信州弋阳(今属江西)人。宝祐四年(1256年)与文天祥同科中进士。元灭南宋后,绝食而死。

【注释】
①问津:问路。

【译文】
　　寻找一处像桃花源那样的世外仙境,以便能躲避像秦朝那样的暴政,看到红艳艳的桃花,才知道又是一年的春天。花儿凋谢,花瓣千万不要跟着随流而去,恐怕那个渔郎看见了也会到这里来。

玄都观桃花
刘禹锡

紫陌①红尘拂面来，
无人不道看花回；
玄都观里桃千树，
尽是刘郎②去后栽。

【题解】

这首诗，是看玄都观里的桃花做的，诗中说的刘郎，有比喻自己的意思。刘禹锡，字梦得，汉族，唐朝彭城人，祖籍洛阳，唐朝文学家、哲学家。

【注释】

①紫陌：指京城长安的道路。陌，本是田间小路，这里借用为道路之意。
②刘郎：作者自指。

【译文】

京城的大路上行人车马川流不息，扬起的灰尘扑面而来，人们都说自己刚从玄都观里赏花回来。玄都观里的桃树有上千株，全都是在我被贬离开京城后栽下的。

再游玄都观

刘禹锡

百亩庭中半是苔,
桃花净尽菜花开;
种桃道士归何处?
前度刘郎今又来。

【题解】

这是他第二次到玄都观做的诗。

【译文】

　　玄都观偌大庭院中有一半长满了青苔,原来盛开的桃花已经荡然无存,只有菜花在开放。先前那些辛勤种桃的道士如今那里去了呢?前次被贬出长安的我又回来了啊!

滁州西涧

韦应物

独怜幽草涧边生,
上有黄鹂深树①鸣;
春潮带雨晚来急,
野渡②无人舟自横。

【题解】

滁州在今安徽全和县,西涧在州城西面,俗叫上马河,这首诗,是为不得志的读书人做的。韦应物,唐朝时候京兆人,官做到苏州刺史。

【注释】

①深树:枝叶茂密的树。
②野渡:郊野的渡口。

【译文】

最是喜爱涧边生长的幽幽野草,还有那树丛深处婉转啼唱的黄鹂。春潮不断上涨,还夹带着密密细雨。荒野渡口无人,只有一只小船悠闲地横在水面。

花 影

苏 轼

重重叠叠①上瑶台②,
几度呼童扫不开;
刚被太阳收拾去,
却教明月送将来。

【题解】

这首诗,是因为朝廷任用奸邪,驱除不尽,故借着花影为题,含有讽刺的意思。

【注释】

①重重叠叠:指无数花影交叉叠映。
②瑶台:指美玉砌成的台,言其华丽。

【译文】

这许多花的影子,交叉叠映在瑶台上面,实在讨厌得很。我几次叫童子去扫,怎奈扫它不开。傍晚太阳下山时,花影刚褪去,隔一会儿工夫,却被那天上的月亮又送了回来。

北 山

王安石

北山输绿涨横陂^①,
直堑回塘滟滟^②时;
粗数落花因坐久,
缓寻芳草得归迟。

【题解】

这是在北山别墅时所作的诗。

【注释】

①陂(bēi):池塘。

②堑:沟。塘:方形水池。滟滟:水光闪烁的样子。

【译文】

北山把浓郁的绿色映照在水塘上,春水悄悄地上涨;直的堑沟,曲折的池塘,都泛起粼粼波光。我在郊野坐了很久,心情悠闲,细细地数着飘落的花瓣;回去时,慢慢地找寻芳草,到家已是很晚。

湖 上

徐元杰

花开红树乱莺啼,
草长平湖白鹭飞;
风日晴和人意好,
夕阳箫鼓几船归?

【题解】

这是在杭州西湖上的即景诗。徐元杰,字仁伯,号梅野,宋朝江西上饶人。

【译文】

花开的时候仿佛树枝都成了红色,黄莺就在其中啼叫。青草生长在平湖中,一行白鹭缓缓飞来。这时候风微日暖,天气晴和,正合游人的心意,欢欢喜喜地出游。直要到太阳落山,那些吹箫打鼓的画船,方才游兴已尽而归。

漫 兴

杜 甫

糁径①杨花铺白毡,
点溪荷叶叠青钱。
笋根稚子无人见,
沙上凫雏傍母眠。

【题解】

这首诗,是描写春末夏初的景致。

【注释】

①糁径:小路。

【译文】

纷纷洒在小路上的,都是杨柳飞下的花絮,仿佛铺一条白色的羊毛毡子,还有一点一点贴在溪水上的,那是小小的新荷叶,又像叠满了无数青铜钱。在竹丛笋根旁破土而出的嫩笋,真不易为人所见。那岸边沙滩上,小水鸭们亲昵地偎依在母凫身边安然入睡。

春 晴

王 驾

雨前初见花间蕊,
雨后全无叶底花①;
蜂蝶纷纷过墙去,
却疑春色在邻家。

【题解】

这首诗,是写雨后残春的景象。王驾,唐朝时候河中人,熙宗年间的状元。

【注释】

①雨后全无叶底花:一作"雨后兼无叶底花"。

【译文】

落雨以前,看见花的中间,还有含苞的嫩蕊,等到落雨以后,连那叶底的花,一朵也没有了。那时蜜蜂和蝴蝶,纷纷不绝地飞过墙去,让人怀疑迷人的春色尽在邻家。

春 暮
曹 豳

门外无人问落花,
绿阴冉冉①遍天涯②;
林莺啼到无声处,
青草池塘独听蛙。

【题解】

这是在暮春时候做的诗。曹豳(bīn),字西士,又字潜夫,号东畎,一作东猷,南宋瑞安(今浙江)人。

【注释】

①冉冉:慢慢地,或柔软下垂。
②天涯:天边,此指广阔大地。

【译文】

没人去注意那门外纷纷的落花,树木的枝条低垂,浓郁的绿阴,直铺向天边。树上的黄莺儿啼声渐渐停歇,春草芊芊,我独自站立在池塘边,听着青蛙不停地叫着,一片喧哗。

落 花

朱淑贞

连理枝①头花正开,
妒花风雨便相催;
愿教青帝②常为主,
莫遣纷纷点翠苔。

【题解】

这首诗的意思,是拿落花来比人的。朱淑贞,宋朝朱文公的族侄女。

【注释】

①连理枝:不同根的草木,其枝干连生在一起。
②青帝:掌管春天的神。

【译文】

连理枝头艳丽的鲜花正在盛开,但风雨嫉妒鲜花的美丽,时时刻刻想要催促鲜花凋谢。我真想让掌管春天的神长久做主,不让娇嫩可爱的鲜花落到碧绿的青苔上。

春暮游小园
王 淇

一从梅粉褪残妆①,

涂抹新红上海棠;

开到酴醾②花事了,

丝丝天棘出莓③墙。

【题解】

这是暮春游小园做的诗,有感慨的意思。王淇,字菉猗,宋朝时候人。

【注释】

①褪残妆:指梅花脱落、凋谢。

②酴醾:也作"荼蘼",在春末夏初开花。

③莓:苔藓,莓苔。

【译文】

梅花谢落,将粉褪去,和那美人卸下残妆来一般。海棠花开了,像拿着一枝画笔,涂抹那新鲜的红色,沾染在花上。直等到荼蘼花开放后,春天的花事已完,只剩那丝丝藤蔓的天棘,延出莓苔的墙头来。

莺 梭

刘克庄

掷柳迁乔太有情,
交交时作弄机声;
洛阳三月花如锦,
多少工夫织得成。

【题解】

见黄莺在树林里飞来飞去,所以做这首诗。刘克庄,字潜夫,号后村,南宋福建省莆田人。

【译文】

黄莺如梭子般穿来穿去,时而飞入杨柳荫中,时而飞到乔木上面,似乎对林间的一切都有着深厚的情感。又听它交交不断的啼叫,好像是织机的声音。可爱的洛阳,到了三月春光艳丽的时候,百花争奇斗艳,竞相开放,犹如锦绣。不知它费了多少工夫,才能够织成如此壮丽迷人的春色啊!

暮春即事

叶 采

双双瓦雀①行书案②,
点点杨花入砚池;
闲坐小窗读周易,
不知春去几多时?

【题解】
这是描写暮春景致的诗。叶采,字仲圭,号平岩,南宋建阳(今福建)人,理宗淳佑元年进士。

【注释】
①瓦雀:在屋瓦上活动的鸟雀。
②行书案:瓦雀的影子在书案上移动。

【译文】
在屋瓦上活动的两只麻雀的影子在书案上移动,点点的杨花,飘落在写字的砚池中去。我素喜清闲,坐在小窗下读《易经》,不知道春已归去究竟有多少时候了。

登 山
李 涉

终日昏昏醉梦间,
忽闻春尽强登山;
因过竹院逢僧话,
又得浮生半日闲。

【题解】

这首登山做的诗,是说丈夫不得志的时候。李涉,字清溪,号月溪子,唐朝洛阳人,太和年间,做太常博士官。

【译文】

我一天到晚糊糊涂涂,似在酒醉睡梦间,忽然听说春光已尽,只好勉强走上山去散闷。一路行来,经过竹林的院子,遇见了一个和尚,和他谈话多时,自觉忘记尘世烦闷,得到半天的空闲。

蚕妇吟
谢枋得

子规啼彻四更时,
起视蚕稠怕叶稀;
不信楼头杨柳月,
玉人歌舞未曾归。

【题解】
这首诗,是为描写养蚕妇人情景而做的。谢枋得,江西信州弋阳人,字君直,号叠山,别号依斋。

【译文】
在杜鹃啼叫到四更的时候,蚕妇起来去照看桑蚕。因为蚕多桑叶少,她很担心蚕吃不饱,不能快快长大。简直不能使人相信,在这透过柳树枝条能见到西沉月亮的时刻,在那高楼大厦里,歌女们还在为官人歌舞而没有归去呢!

晚 春

韩 愈

草木知春不久归,
百般红紫斗芳菲;
杨花①榆荚②无才思,
惟解漫天作雪飞。

【题解】

这是描写晚春情景做的诗。

【注释】

①杨花:指柳絮。

②榆荚:亦称榆钱。榆未生叶时,先在枝间生荚,荚小,形如钱,荚花呈白色,随风飘落。

【译文】

花草树木知道春天即将归去,都想留住春天的脚步,所以百样红色紫色的花朵,纷纷争奇斗艳。就连那没有美丽颜色的杨花和榆钱也不甘寂寞,随风起舞,化作漫天飞雪。

伤 春

杨 简

准拟今春乐事浓,
依然枉却一东风;
年年不带看花眼,
不是愁中即病中。

【题解】

《伤春》作者,《千家诗》原作杨简,误。此诗为《晓登万花川谷看海棠》两首之二,见《诚斋集》卷三十七,周必大《次韵杨廷秀》序称:"万花川谷主人为海棠赋二诗,妙绝古今,断章有'平生不带看花福,不是愁中即病中'之叹,代花次韵。"所以此诗为杨万里作无疑。万花川谷为杨万里家园林名。有园林,又多病,此诗当为杨万里晚年在家乡所作。

【译文】

春天来到之时,料想今年春天赏春的乐事肯定会很多,没想到今年又和往年一样,辜负了东风的美意。年年都不曾去观赏那似锦的繁花,不是在病中就是在愁中,那有心情去观花呢!

送 春
王令

三月残花落更开,
小檐日日燕飞来;
子规①夜半犹啼血,
不信东风唤不回。

【题解】

这是送春归去的诗。王令,字逢原,宋朝元城(今河北)人。

【注释】

①子规:杜鹃鸟。

【译文】

三月里暮春时节,那败残的花虽已落去,明年却还会重开。低小的屋檐前,天天有燕子飞来飞去。只可怜那些杜鹃鸟,仍在半夜悲啼,它们不相信这时候的东风,是唤不回来的。

三月晦日①送春

贾 岛

三月正当三十日,
风光别我苦吟身;
共君今夜不须睡,
未到晓钟犹是春。

【题解】

每月最后一天,叫做晦日,这日是三月三十,春天已经过完了,所以做这首送春诗。贾岛,字阆(láng)仙,自号碣石山人,唐朝河北道幽州范阳县(今河北省涿州)人,唐代诗人,人称"诗奴",与孟郊共称"郊寒岛瘦"。

【注释】

①晦日:每月的最后一天。

【译文】

今天是三月三十日,是三月的最后一天,春天美丽的风光就有离开我这位苦吟的诗人了。我和你今夜不用睡觉了,在晨钟响动之前,总算还是春天吧。

客中初夏

司马光

四月清和①雨乍晴,
南山当户②转分明;
更无柳絮因风起,
惟有葵花向日倾。

【题解】

这是诗人身在客地,在四月里做的诗,有崇正斥邪的意思。司马光,字君实,宋朝人,神宗哲宗时做宰相,官太师,封温国公,谥文正。司马,复姓。

【注释】

①清和:天气清明而和暖。
②南山当户:正对门的南山。

【译文】

初夏四月,天气清明和暖,下过一场雨天刚放晴,雨后的山色更加青翠怡人,正对门的南山变得更加明净了。眼前没有随风飘扬的柳絮,只有葵花朝向着太阳开放。

有 约

赵师秀

黄梅时节①家家雨,
青草池塘处处蛙;
有约不来过夜半,
闲敲棋子落灯花②。

【题解】

这是因为友人失约而作的诗。赵师秀,南宋人,号灵秀,是"永嘉四灵"之一。

【注释】

①黄梅时节:五月,江南梅子熟了,大都是阴雨绵绵的时候,称为"梅雨季节",所以称江南雨季为"黄梅时节",意思就是夏初江南梅子黄熟的时节。

②落灯花:旧时以油灯照明,灯心烧残,落下来时好像一朵闪亮的小花。

【译文】

黄梅成熟的时候,家家都被笼罩在雨中,长满青草的池塘边上,传来阵阵蛙声。时间已过午夜,已约请好的客人还没有来,我无聊地轻轻敲着棋子,震落了点油灯时灯芯结出的疙瘩。

初夏睡起

杨万里

梅子流酸溅齿牙,
芭蕉分绿①上窗纱;
日长睡起无情思②,
闲看儿童捉柳花。

【题解】

这是初夏睡起时做的诗,描写闲暇无事的形景。杨万里,字廷秀,号诚斋,吉州吉水(今江西省吉水县)人。南宋杰出诗人,与尤袤、范成大、陆游合称南宋"中兴四大诗人"、"南宋四大家"。

【注释】

①芭蕉分绿:芭蕉的绿色映照在纱窗上。
②情思:情绪。

【译文】

梅子味道很酸,吃过之后,余酸还残留在牙齿之间;芭蕉初长,把绿阴映衬到纱窗上。春去夏来,日长人倦,午睡后起来,情绪无聊,闲着无事观看儿童戏捉空中飘飞的柳絮。

三衢道中①

曾 几

梅子黄时日日晴，
小溪泛尽却山行②；
绿阴不减来时路，
添得黄鹂四五声。

【题解】

这是在去衢州路上所作的诗。曾几，南宋诗人，字吉甫，号茶山居士，赣州（今江西赣州市）人，爱国诗人陆游的老师，后人将其列入江西诗派。

【注释】

①三衢：即衢州，今浙江省常山县，因境内有三衢山而得名。
②小溪泛尽：乘小船走到小溪的尽头。却山行：再走山间小路。

【译文】

梅子黄透了的时候，天天都是晴和的好天气，乘小舟沿着小溪而行，走到小溪的尽头，再改走山路继续前行。山路上苍翠的树，与来的时候一样浓密，深林丛中传来几声黄鹂的欢鸣声，更增添了些幽趣。

即 景

朱淑贞

竹摇清影罩幽窗,
两两时禽①噪夕阳;
谢却②海棠飞尽絮,
困人天气日初长。

【题解】
这是夏初所作的即景诗。

【注释】
①时禽:泛指应时的雀鸟。
②谢却:凋谢。

【译文】
竹子在微风中,将清雅的影子笼罩在幽静的窗户上;成双成对的鸟儿在夕阳中翻飞,聒噪个不停。海棠花已经凋谢了,柳絮也已飘落尽了。使人困倦的初夏已经来临,白天也渐渐长起来了。

夏 日
戴复古

乳鸭池塘水浅深,
熟梅天气半晴阴;
东园载酒西园醉,
摘尽枇杷一树金。

【题解】

这是描写初夏景致的诗。戴复古,字式之,号石屏,南宋天台黄岩(今浙江台州)人。

【译文】

一群小鸭,在池塘深深浅浅的水里游着泳,这时候正是黄梅天气,半晴半阴。在这宜人的天气里,我邀约一些朋友,载酒宴游了东园又游西园。风景如画,心情格外舒畅,尽情豪饮,有人已经醉醺醺了。园子里的枇杷果实累累,像金子一样垂挂在树上,正好都摘下来供酒后品尝。

晚楼闲坐

王安石

四顾山光接水光,
凭栏十里①芰②荷香;
清风明月无人管,
并作南来一味凉。

【题解】
这是晚上在楼头眺望时所作的诗。

【注释】
①十里:形容水面辽阔。
②芰:菱角。

【译文】
站在南楼上靠着栏杆向四周远望,只见山色和水色连接在一起,辽阔的水面上菱花、荷花盛开,飘来阵阵香气。到了晚上,这里的清风明月无拘无束,月光融入清风从南面吹来,使人感到一片凉爽和惬意。

山居夏日

高 骈

绿树阴浓夏日长,
楼台倒影入池塘;
水晶帘①动微风起,
满架蔷薇一院香。

【题解】

这是作者夏天住在山里时所作的诗。高骈,字千里,幽州(今北京西南)人。祖籍渤海蓚县(今河北景县),先世为山东名门渤海高氏。晚唐诗人、名将、军事家,南平郡王高崇文之孙。

【注释】

①水晶帘:一种质地精细而色泽莹澈的帘,比喻晶莹华美的帘子。

【译文】

漫漫夏日,绿树遮起葱郁的浓阴,,楼台的倒影映入了池塘。那些水边的楼台,影子倒映在池塘里面。水晶般的帘子,在那里荡漾不定。微风起来的时候,满架的蔷薇花,被风吹得满院芳香。

田 家

范成大

昼出耘田夜织麻①,
村庄儿女各当家②。
童孙未解供耕织,
也傍桑阴学种瓜。

【题解】

这首诗,是描写种田人家的乐趣。范成大,字至能,号石湖,宋朝平江府吴县(今江苏苏州)人,与杨万里、陆游、尤袤合称南宋"中兴四大诗人"。

【注释】

①耘田:除草。织麻:把麻搓成线。此句一作:"昼出耘田夜绩麻"。

②各当家:每人担任一定的工作。

【译文】

白天到田里去拔草,晚上回来,还要织麻布,村庄里的男男女女,各自担任着家务。就是那班年小的孩童,不懂得耕田织布,也不敢贪着游戏,也在那边桑树阴里学习种瓜。

村庄即事

范成大

绿遍山原白满川①，
子规②声里雨如烟；
乡村四月闲人少，
才了③蚕桑又插田。

【题解】

这首诗，是描写乡村四月里的景致。

【注释】

①白满川：指稻田里的水色映着天光。

②子规：鸟名，杜鹃鸟。

③了：结束，了结。

【译文】

山坡田野间草木茂盛，稻田里的水色与天光相辉映。天空中烟雨蒙蒙，杜鹃声声啼叫，大地一片欣欣向荣的景象。四月到了，没有人闲着，刚才做完养蚕采桑的工作，又忙着到田里插秧去了。

题榴花

朱 熹

五月榴花照眼明,
枝间时见子①初成;
可怜此地无车马,
颠倒苍苔落绛英②。

【题解】
诗人见到五月里石榴花盛开,所以做这首诗。

【注释】
①子:指果实。
②绛英:红色的花瓣。

【译文】
　　五月里石榴花开放了,红得和火一般,照耀人的眼睛,十分鲜明,那花枝的中间,掩映着初结的小果。只可惜这里地方偏僻,并没有游人的车马经过,一任它颠颠倒倒在这满地的苍苔上,飘下许多红色的花瓣。

村 晚

雷 震

草满池塘水满陂①,
山衔②落日浸寒漪;
牧童归去横牛背,
短笛无腔信口③吹。

【题解】

这是爱玩乡村晚景做的诗。雷震,宋朝时候人,爵里不可考。

【注释】

①陂(bēi):池塘。
②衔:口里含着。此指落日西沉,半挂在山腰,像被山咬住了。
③信口:随口。

【译文】

绿草长满了池塘,池塘里的水几乎溢出了塘岸。远远的青山,衔着彤红的落日,一起把影子倒映在水中,闪动着粼粼波光。那小牧童横骑在牛背上,往家里走去。他拿着一支短笛,随口吹着,也没有固定的腔调。

书湖阴先生壁

王安石

茅檐常扫净无苔,
花木成畦手自栽;
一水护田将绿绕,
两山排闼送青来。

【题解】

这是王荆公在金陵闲居时作的诗。湖阴先生:本名杨德逢,隐居之士,是王安石晚年居住金陵(今江苏南京)紫金山时的邻居。

【译文】

几间简朴的茅舍,由于经常打扫,檐洁壁净,没有苔藓的痕迹;一畦一畦的花木,装点着小小庭院,井井有条,全出自主人的亲手栽培。一条快活的溪水,环绕着大片碧绿的禾苗,俨然是稻田的守护者;两座多情的山峰,不待邀请就推门而入,把青青的秀色送入眼帘。

乌衣巷

刘禹锡

朱雀桥①边野草花,
乌衣巷口夕阳斜;
旧时王谢②堂前燕,
飞入寻常百姓家。

【题解】

这首诗,是寻访古迹,追想故国,有无穷的感慨。

【注释】

①朱雀桥:在今南京市东南,文德桥南岸,是三国东吴时的禁军驻地。由于当时禁军身着黑色军服,所以此地俗语称乌衣巷。东晋王导、谢安两大家族,都住在乌衣巷,人称其子弟为"乌衣郎"。入唐后,乌衣巷沦为废墟。

②王谢:王导、谢安,世家大族,贤才众多,皆居巷中,冠盖簪缨,为六朝巨室。至唐时,则皆衰落不知其处。

【译文】

热闹的朱雀桥,如今地上长满了野草杂花了,又来到乌衣巷口,见那傍晚的太阳,斜向西边去了。当年王导、谢安檐下的燕子,如今已飞进寻常百姓家中。

送元二使安西

王 维

渭城朝雨浥①轻尘,
客舍青青柳色②新;
劝君更尽一杯酒,
西出阳关无故人。

【题解】

安西是西域各国的总名,唐朝设安西都护。有好友出使安西,所以做这首诗送给他。

【注释】

①浥:润湿
②柳色:柳树象征离别。

【译文】

渭城地方,早上落过了雨,润湿了轻浮的尘土。旅店门前,有几株青翠的杨柳树,颜色更显鲜绿。真诚地奉劝我的朋友再干一杯美酒,向西出了阳关就难以遇到故旧亲人了。

题北谢碑
李 白

一为迁客去长沙①,
西望长安不见家;
黄鹤楼中吹玉笛,
江城五月落梅花②。

【题解】
碑在黄鹤楼,李白贬官到长沙去。经过这个地方,就到黄鹤楼中,做这首诗。

【注释】
①迁客:被贬谪之人。去长沙:贾谊因受权臣谗毁,被贬为长沙王太傅,曾写《吊屈原赋》以自伤。
②落梅花:即《梅花落》,古代笛曲名。

【译文】
一旦成为贬谪之人,就像贾谊到了长沙,日日西望,望不见长安,也望不见家。偶然经过这座黄鹤楼,听得里面有人吹起《梅花落》来,这江城的五月,又见到纷落的梅花。

题淮南寺

程 颢

南去北来休便休,
白蘋①吹尽楚江秋;
道人②不是悲秋客,
一任③晚山相对愁。

【题解】
这是游淮南寺题的诗。

【注释】
①白蘋:开白花的水上浮萍。
②道人:修道的人,这里是诗人自称。
③一任:听凭。

【译文】
　　那些客人,有向南边去的,有从北边来的,到了这里,得着休息的地方,便可以休息了;你看那水上的白苹,飘泊在楚江中,已变做秋天景象了。但寺里这些道士们,却不是悲秋的人,任凭傍晚时山景凄凉,两下里相对含愁,他也是漠不关心。

秋 月

程 颢

清溪流过碧山头,
空水①澄鲜②一色秋;
隔断红尘三十里,
白云红叶两悠悠。

【题解】

这首诗是秋夜玩月,有超然出尘的遐想。一说为南宋朱熹作。

【注释】

①空水:指夜空和溪中的流水。

②澄鲜:明净、清新的样子。

【译文】

清澈的溪水在宁静的月色下缓缓流过碧绿的山头。透澈而高远的天空与溪水交织秋日散发出澄澈的色彩。宁静的山林之中莺啼燕啭似离那凡间尘世十分遥远。只有柔软而洁白的云朵和满山的红叶与皎洁的月光一起飘逸悠悠。

七 夕

杨 朴

未会牵牛意若何?
须邀织女弄金梭;
年年乞与人间巧,
不道人间巧几多。

【题解】

这是七夕那一天做的诗。杨朴,北宋布衣诗人,字契元(一作玄或先),自号东里野民。

【译文】

我不明白牵牛的用意究竟是怎样,每年七夕总要邀请天上的织女穿梭满天的织锦。牵牛年年为人间求织梭的技巧,岂不知道人间的技巧已经很多了。

立 秋
刘武子

乳鸦啼散玉屏空,
一枕新凉一扇风;
睡起秋声①无觅处,
满阶梧叶②月明中。

【题解】

这是立秋那天的即景诗。刘武子,宋朝时候人。

【注释】

①秋声:秋天西风吹得树木萧瑟作响的声音。
②满阶梧叶:据说在立秋的时节,梧桐的叶子最先凋落。

【译文】

小乌鸦的鸣叫聒耳,待乳鸦声散去时,只有玉色屏风空虚寂寞地立着。突然间起风了,秋风习习,顿觉枕边清新凉爽,就像有人在床边用绢扇在扇一样。睡眠中朦朦胧胧地听见外面秋风萧萧,可是醒来去找,却什么也找不到,只见落满台阶的梧桐叶,沐浴在朗朗的月光中。

七夕

杜 牧

银烛^①秋光冷画屏,
轻罗小扇扑流萤^②;
天街夜色凉如水,
卧看牵牛织女星。

【题解】

这首诗是诗人借七夕来描写失意宫女的孤寂幽怨。

【注释】

①银烛:银色而精美的蜡烛。
②流萤:飞动的萤火虫。

【译文】

银烛般的秋光,冷凄凄地映在绘画屏风上,我就手拿着轻罗做的小扇,去扑那流星似的萤火虫。这时候,天街上面,夜色清凉,好似白茫茫的一片水,倒不如席地仰卧,看那天上的牵牛织女二星吧。

中秋月

苏 轼

暮云收尽溢清寒,
银汉无声转玉盘①;
此生此夜不长好,
明月明年何处看?

【题解】

这首小词,题为"中秋月",写"人月圆"的喜悦,又涉别情。记述的是作者与其胞弟苏辙久别重逢,共赏中秋月的赏心乐事,同时也抒发了聚后不久又得分手的哀伤与感慨。

【注释】

①银汉:银河。玉盘:月亮。

【译文】

夜幕降临,云气收尽,天地间充满了寒气,银河流泻无声,皎洁的月儿转到了天空,就像玉盘那样洁白晶莹。我这一生中每逢中秋之夜,月光多为风云所掩,很少碰到像今天这样的美景,真是难得啊!可明年的中秋,我又会到何处观赏月亮呢?

江楼有感

赵 嘏

独上江楼思悄然，
月光如水水如天；
同来玩月人何在？
风景依稀似去年。

【题解】

这是夜上江楼，感念旧交做的诗。赵嘏，字承佑，唐朝山阳人，会昌年间进士，官至渭南尉。

【译文】

独自走上江楼，静悄悄地，不觉忧从中来。但见月光好似水光，水光好似天光，上下凝成了一色。忽然想起从前和我同来赏月的人，不知现下在什么地方？只是今夜的风景，仿佛跟去年一样呢。

题临安邸
林 升

山外青山楼外楼,
西湖歌舞几时休?
暖风熏得游人醉,
直把杭州作汴州。

【题解】

诗人适时游览杭州西湖,感想到南渡君臣醉生梦死不思进取而作的讽喻诗。林升,字云友,又字梦屏,南宋温州人。

【译文】

远处青山叠翠,近处楼台重重,看不尽西湖的风景。湖上有唱歌的,有跳舞的,不知到了几时,才肯罢休呢?这般的热闹,所以吹来阵阵的暖风,熏得那些游玩的人,都像酒醉一般,简直是把偏安的杭州当作昔日的汴京!

晓出^①净慈寺送林子方

杨万里

毕竟^②西湖六月中,
风光不与四时同;
接天莲叶无穷碧,
映日荷花别样红。

【题解】

诗人借西湖六月的美景,表达了对友人的惜别之情。

【注释】

①晓出:太阳刚刚升起。

②毕竟:到底。

【译文】

到底是西湖的六月时节,此时的风光与四季不同。你看接连着青天的层层莲叶,好像四面没有边际,都成了绿色,并且有朵朵荷花映着太阳的光辉,更是别有情致,显出异样的鲜红。

湖上初雨
苏 轼

水光潋滟①晴方好，
山色空濛②雨亦奇；
欲把西湖比西子③，
淡妆浓抹总相宜。

【题解】

这首诗，是描写西湖上新雨景象的。

【注释】

①潋滟：水面波光闪动的样子。

②空濛：细雨迷茫的样子。

③西子：即美女西施。

【译文】

在灿烂的阳光照耀下，西湖水微波粼粼，波光艳丽，看起来很美；雨天时，在雨幕的笼罩下，西湖周围的群山迷迷茫茫，若有若无，也显得非常奇妙。若把西湖比作美女西施，淡妆浓抹都十分适宜。

入 直①

周必大

绿槐夹道集昏鸦,
敕使传宣坐赐茶;
归到玉堂②清不寐,
月钩初上紫薇花。

【题解】

这是进宫值夜做的诗。周必大,字子充,南宋庐陵人,孝宗时做宰相,谥文忠公。

【注释】

①入直:古代称官员入宫禁值班供职。

②玉堂:翰林院。

【译文】

皇宫内路两旁绿色的槐树浓荫覆盖,树上落满了黄昏时即将归巢的乌鸦。奉了圣旨的传宣官传话让我到选德殿,皇帝赐坐赐茶。回到翰林院后,想到皇帝对自己的礼遇,我深感荣幸,觉得神清气爽,久久不能入睡,一直到新月照到紫薇花上。

水 亭

蔡 确

纸屏石枕竹方床,
手倦抛书午梦长;
睡起莞然成独笑,
数声渔笛在沧浪。

【题解】

这是在水亭中做的诗,其中有很多乐趣。蔡确,此宋时候河间人,神宗时做到宰相。

【译文】

我躺在纸屏遮挡的石枕、竹方床上,看了一会儿书,感到有些倦怠,便随手抛书,美美地睡了一觉。长长的一个午觉醒来后,觉得身体轻松多了,自己不禁出声微笑起来。耳边传来零星的渔笛,那应该是沧浪江上的渔民们在打鱼吧。

禁 锁
洪咨夔

禁门深锁寂无哗，
浓墨淋漓两相麻①；
唱②彻五更天未晓，
一墀③月浸紫薇花。

【题解】
旧注认为是洪遵的作品，据考证当为南宋诗人洪咨夔所作，为作者在担任翰林学士、知制诰期间，于某年六月十六日在翰林院值夜班时所作。篇名又作《直玉堂作》《六月十六日宣锁》《宣锁》。

【注释】
①麻：唐宋时任命大臣用黄麻纸颁诏，此处代指诏书。
②唱：古时皇宫里有人专司唱晓。
③墀（chí）：台阶，也指地面。

【译文】
宫禁里的门紧紧地锁着，夜来十分寂静，没有一点喧哗的声音。值宿的侍臣们磨浓了墨，我把笔蘸得淋漓，在黄麻纸上写好了两页拜相的诏书。忽听得鸡人高唱，已报五更，这时天光还没有明亮。晓月如水浸泡着阶上的紫薇花。

竹 楼
李嘉祐

傲吏身闲笑五侯①,
　西江取竹起高楼;
南风不用蒲葵②扇,
　纱帽闲眠对水鸥。

【题解】

这首诗,是在江西起造了一座竹楼做的。李嘉祐,字从一,唐朝时候人,官至袁州刺史。

【注释】

①五侯:泛指达官显贵。
②蒲葵:草名,叶、柄可制扇。

【译文】

简傲清闲的小官员,不羡慕五侯的尊贵,在西江边修建了竹楼,安居于竹楼水阁之上。凉风习习,即使在暑热的天气里也用不着摇蒲葵扇,且可以把纱帽搁在一边,与江边的水鸥相对,安闲地睡去。

直中书省

白居易

丝纶阁①下文章静,
钟鼓楼台刻漏②长;
独坐黄昏谁是伴?
紫薇花对紫薇郎③!

【题解】

这是值宿中书省做的诗。白居易,字乐天,别号香山,唐朝人,元和年间的进士,官做到户部尚书。

【注释】

①丝纶阁:指替皇帝撰拟诏书的阁楼。
②刻漏:古时用来滴水计时的器物。
③紫薇郎:唐代官名,紫薇侍郎的简称,即中书侍郎。

【译文】

我在中书省里拟诏书的丝纶阁值班,没什么文章可写,觉得周围一片寂静。只听到钟鼓楼上刻漏的滴水声,时间过得太慢了。在这黄昏的寂寞中,我一个人孤独地坐着,谁来和我作伴呢?惟独紫薇花和我这个紫薇郎寂然相对。

观书有感

朱 熹

半亩方塘一鉴^①开,
天光云影共徘徊^②;
问渠^③那得清如许?
为有源头活水来。

【题解】

这是朱子观书悟道的诗。

【注释】

①鉴:镜子。
②徘徊:来回移动。
③渠:它,指方塘。

【译文】

半亩大的方塘像一面镜子一样打开,清澈明净,天光、云影在水面上闪耀浮动。要问池塘里的水为何这样清澈呢?是因为有永不枯竭的源头源源不断地为它输送活水。

泛 舟

朱 熹

昨夜江边春水生,
艨艟①巨舰一毛轻;
向来枉费推移力②,
此日中流自在行。

【题解】
这首诗,是把泛舟比方学道。

【注释】
①艨艟:古代攻击性很强的战舰名,这里指大船。
②推移力:指浅水时行船困难,需人推挽而行。

【译文】
昨天的夜里,我到江岸边来,见那春水已经涨起来了,那艘庞大的船就像一根羽毛一样轻。以往花费许多力量也不能推动它,今天在水中间却能自在地移动。

冷泉亭

林 稹

一泓清可沁诗脾①,
冷暖年来只自知;
流出西湖载歌舞,
回头不似在山时!

【题解】

这是游西湖冷泉亭做的诗,诗里含有寄托的意思。林稹,号丹山,长洲人(今江苏苏州)人,北宋神宗熙宁九年进士。

【注释】

①诗脾:等于"诗肠",指诗思、诗兴。

【译文】

一泓清澄的泉水,沁人心脾,引起无尽的诗思;年复一年,泉的冷暖,又有谁能够理解知晓?它流呀,流呀,流入了西湖,浮载着歌舞画舫,那时候,与在山时的清澈,已不是同一面貌了。

冬 景
苏 轼

荷尽已无擎①雨盖②，
菊残犹有傲霜枝；
一年好景君须记，
最是橙黄橘绿时③。

【题解】

这是冬天做的即景诗。

【注释】

①擎：举，向上托。
②雨盖：旧称雨伞，诗中比喻荷叶舒展的样子。
③橙黄橘绿时：指橙子发黄、橘子将黄犹绿的时候，指农历秋末冬初。

【译文】

秋末冬初，荷花凋谢，连那荷叶也枯萎了，只有那开败了菊花的花枝还傲寒斗霜。篱角边的菊花，摧残未尽，还留着耐霜的枝条。一年中最好的景致你一定要记住，那就是在橙子金黄、橘子青绿的秋末冬初的时节啊。

枫桥夜泊①

张 继

月落乌啼霜满天②,
江枫渔火对愁眠;
姑苏城外寒山寺,
夜半钟声到客船。

【题解】

这首诗,是在苏州枫桥停船那夜所作。张继,字懿孙,唐朝人,天宝年间的进士,官至户部员外郎。

【注释】

①夜泊:夜间把船停靠在岸边。
②霜满天:空气极冷的形象语。

【译文】

月亮落下的时候,那些栖树的乌鸦,声声啼叫,天气非常寒冷。江边枫树相近处,掩映着渔船上的灯火,好似相对忧愁地睡在那里。姑苏城外那寂寞清静寒山古寺,半夜里敲钟的声音传到了客船上。

寒 夜

杜耒

寒夜客来茶当酒,
竹炉汤沸火初红;
寻常一样窗前月,
才有梅花便不同。

【题解】

这是描写冬天寒夜的诗。杜耒,字子野,号小山,南宋盱江(今江西南城县)人。诗学"永嘉四灵",与赵师秀、戴复古等人相唱和。

【译文】

冬天的夜晚,来了客人,用茶当酒,吩咐小童煮茗,火炉中的火苗开始红了起来了,水在壶里沸腾着,屋子里暖烘烘的。月光照射在窗前,与平时并没有什么两样,只是窗前有几枝梅花在月光下幽幽地开着,芳香袭人。这使得今日的月色显得与往日格外地不同了。

霜 月

李商隐

初闻征雁①已无蝉,
百尺楼台水接天;
青女②素娥俱耐冷,
月中霜里斗婵娟③。

【题解】

这是描写霜天月景的诗。李商隐,字义山,唐朝陈州人,大中年间的进士,官至翰林学士。

【注释】

①征雁:大雁春到北方,秋到南方,不惧远行,故称征雁。此处指南飞的雁。

②青女:主管霜雪的女神。

③婵娟:美好,古代多用来形容女子。

【译文】

刚开始听到南归大雁的鸣叫声,蝉鸣就已经销声匿迹了。我登上百尺高楼,极目远眺,水天连成一片。霜神青女和月中嫦娥不怕寒冷,在寒月冷霜中争艳斗俏,比一比冰清玉洁的美好姿容。

梅

王 淇

不受尘埃半点侵,
竹篱茅舍自甘心;
只因误识林和靖①,
惹得诗人说到今。

【题解】

这首咏梅诗,是不愿受制于人的意思。林逋终生不仕不娶,无子,惟喜植梅养鹤,自谓"以梅为妻,以鹤为子",人称"梅妻鹤子"。王淇,字蓑猗。与谢枋得有交,谢尝代其女作《荐父青词》。

【注释】

①林和靖:指和靖先生林逋,有咏梅名句"疏影横斜水清浅,暗香浮动月黄昏"。

【译文】

梅花何等洁身自好,素来不沾染浊世的尘埃。它心甘情愿地住在竹篱茅舍间,只因为一时错误,结识了那个林和靖先生,所以惹动了这班做诗的人,留作话柄,一直传到今朝。

早 春
白玉蟾

南枝①才放两三花,
雪里吟香弄粉些②;
淡淡著烟浓著月,
深深笼水浅笼沙。

【题解】

这是描写早春时候的梅花诗。白玉蟾,原名葛长庚,字白叟,北宋琼山县(今海南省琼山县)人。

【注释】

①南枝:向南的梅枝。

②粉:白色,此处指梅花的白颜色。些:句末语气助词。

【译文】

南面的梅枝迎着朝阳在这初春时节里才开了三两朵花,恰好下了一场雪,我在雪地里品味着梅花的幽香,欣赏它们洁白无瑕的色泽。白梅初绽,浓浓深深各有不同,夜雾和着月色笼罩在浓色的花朵上就像是附着一层水;附在淡色的花朵上,就像罩着明净的沙子一样。

雪 梅

卢梅坡

梅雪争春未肯降,
骚人阁笔费评章;
梅须逊雪三分白,
雪却输梅一段香。

【题解】

　　这是雪和梅花互相比较的诗。卢梅坡,南宋诗人,与刘过是朋友,以两首《雪梅》流芳百世。

【译文】

　　梅花和雪,两下里争着春色,彼此不肯降服,惹得那些风雅的诗人,一齐搁着笔,难写评判文章。说句公道话,梅花须逊让雪花三分晶莹洁白,雪花却输给梅花一段清香。

又

卢梅坡

有梅无雪不精神,
有雪无诗俗了人;
日暮诗成天又雪,
与梅并作十分春。

【题解】

　　此诗阐述了梅、雪、诗三者的关系,三者缺一不可,只有三者结合在一起,才能组成最美丽的春色。从中可看出诗人赏雪、赏梅、吟诗的雅趣。

【译文】

　　有了梅花没有了雪,那就缺少丰韵。但是有了雪,却没有诗,岂不成了粗俗的人吗?天光快要晚了,诗已做好,天上又下雪了,正好和那梅花一并构成了十分的春色。

答钟弱翁
牧 童

草铺横野六七里,
笛弄①晚风三四声;
归来饱饭黄昏后,
不脱蓑衣卧月明。

【题解】

钟弱翁,宋朝时候人,这首诗是牧童答他的。牧童,是看牛的孩子,不知姓名。

【注释】

①弄:相合。

【译文】

放眼望去,草色平铺在横阔的郊野中,我坐在牛背上横吹着一枝短笛,沐浴在暖暖的晚风中。回到家来吃饱了晚饭,已是黄昏过后,也不脱去身上的蓑衣,就露宿在月光底下了。

秦淮夜泊

杜 牧

烟笼寒水月笼沙,
夜泊秦淮近酒家;
商女①不知亡国恨,
隔江犹唱后庭花②!

【题解】

这是写秦淮河里夜景的诗,含有感慨之意。

【注释】

①商女:以卖唱为生的歌女。

②后庭花:歌曲《玉树后庭花》的简称。南朝陈皇帝陈叔宝(即陈后主)溺于声色,作此曲与后宫美女寻欢作乐,终致亡国,所以后世称此曲为"亡国之音"。

【译文】

浩渺寒江之上弥漫着迷蒙的烟雾,皓月的清辉洒在白色沙渚之上。入夜,我将小舟泊在秦淮河畔,临近酒家。金陵歌女似乎浑然不知亡国之恨,竟依然在对岸吟唱着淫靡之曲《玉树后庭花》。

归 雁

钱 起

潇湘何事等闲①回?
水碧沙明两岸苔;
二十五弦弹夜月,
不胜清怨②却飞来。

【题解】

这是咏回到北边的鸿雁诗。钱起,字仲文。天宝进士,"大历十大才子"之一。

【注释】

①等闲: 随随便便, 轻易。
②清怨: 此处指曲调凄清哀怨。

【译文】

大雁啊,潇水湘水那样美丽的地方你不呆,为什么要轻易从那儿回来呢?那里有澄澈碧绿的水,明净的沙石,岸边还有青苔可以供你觅食,你何故不肯呆了呢?大雁答道,湘灵之神在月夜弹的瑟曲调太伤感了,我忍受不了那悲怨欲绝的曲调,不得不离开潇湘飞回到北方来。

题 壁
无名氏

一团茅草乱蓬蓬,
蓦地①烧天蓦地空;
争似③满炉煨榾柮②,
漫腾腾地暖烘烘。

【题解】
这是题在墙壁上的诗。无名氏,是没有姓名的诗人。

【注释】
①蓦地:突然。
②榾柮(gǔ duò):木柴块,树根疙瘩。可代炭用。
③争似:怎似。

【译文】
一团乱蓬蓬的茅草点着火后,突然间烈焰冲天,又顷刻间烟消火灭。倒不如满满的火炉里面,煨着几根断木头,烟火腾腾地烧着,满屋子都暖和。

卷四 七律

早朝大明宫

贾 至

银烛朝天紫陌①长,禁城春色晓苍苍;
千条弱柳垂青锁②,百啭流莺绕建章。
剑佩声随玉墀步,衣冠身惹御炉香;
共沐恩波凤池③上,朝朝染翰④侍君王。

【题解】

这是在早朝大明宫时做的诗。贾至,字幼邻,唐朝时候洛阳人,官至中书舍人。

【注释】

①紫陌:紫红泥铺的路,指京城长安的路。
②青锁:皇宫门窗上的装饰,代指宫门。
③凤池:即凤凰池,在大明宫内,中书省所在地。
④染翰:写文章。

【译文】

银烛闪闪,照亮了皇宫里漫长的道路,天快亮了,显出一片苍苍的景象。千条柔弱的柳树在道旁亭亭而立,低悬在青锁门前。黄莺随意盘旋,婉转的叫声回旋在建章宫上。文武官员身上的佩剑和佩玉发出轻响，臣子们鱼贯着走上大殿去，衣冠上沾染了御香炉里散发出的香气。早朝开始的那一刻，受到皇帝的恩宠在中书省的臣子们，就要按部就班得协助君王治理国家了。

和贾舍人早朝

杜 甫

五夜①漏声催晓箭②,九重③春色醉仙桃;
旌旗日暖龙蛇④动,宫殿风微燕雀高。
朝罢香烟携满袖,诗成珠玉在挥毫;
欲知世掌丝纶⑤美,池上于今有凤毛⑥。

【题解】
这是和中书舍人贾至的早朝诗。

【注释】
①五夜:天之将晓。
②箭:漏箭,计时的工具。
③九重:皇帝居住之地。
④龙蛇:旌旗上的图象。
⑤世掌丝纶:世代掌握皇帝的诏书。贾至及其父皆担任过中书舍人,掌管拟诏敕,故称"世掌"。
⑥凤毛:珍稀人物,喻人才。

【译文】
五更的刻漏箭催促着拂晓的到来,皇宫的春色盎然,桃花如醉人脸色一般鲜红。绣着龙蛇的旌旗在温暖的太阳下飘扬；宫殿周围微风习习，燕雀高高飞翔。早朝结束后，朝臣双袖携满了御炉的香烟，写出珠玉般美妙诗篇。要想知道世代掌握为皇上起草诏书之人的荣耀，于今只要看看中书省的才子贾至就可以了。

和贾至舍人早朝大明宫之作

王 维

绛帻①鸡人②报晓筹③,尚衣④方进翠云裘;
九天阊阖⑤开宫殿,万国衣冠拜冕旒⑥。
日色才临仙掌动,香烟欲傍衮龙⑦浮;
朝罢须裁五色诏,佩声归向凤池头。

【题解】
这首诗是王维和贾至的早朝诗。

【注释】
①绛帻:用红布包头似鸡冠状。
②鸡人:古代宫中,于天将亮时,有头戴红巾的卫士,于朱雀门外高声喊叫,好像鸡鸣,以警百官,故名鸡人。
③晓筹:即更筹,夜间计时的竹签。
④尚衣:官名,隋唐有尚衣局,掌管皇帝的衣服。
⑤阊阖:本指天宫之门,此处喻大明宫门。
⑥衣冠:指文武百官。冕旒:古代帝王、诸侯及卿大夫的礼冠,此处指皇帝。
⑦衮龙:指皇帝的龙袍。

【译文】

　　头戴红巾的卫士像雄鸡高唱报告天明,管御服的官员刚把翠云裘捧进宫廷。重重深宫禁苑,一殿殿都已敞开大门。见那万国来朝的衣冠,一齐俯伏金阶,瞻拜戴冕旒的皇帝。旭日的彩色,照到皇帝的御驾的雉尾掌扇上,似在那里摇动着;香炉里的烟气,依傍着皇上的龙袍升腾。朝拜后贾舍人就用五色纸起草诏书;听到服饰铿锵声,他已回到了中书省。

和贾舍人早朝

岑 参

鸡鸣紫陌曙光寒,莺啭皇州①春色阑;
金阙晓钟开万户,玉阶仙仗②拥千官。
花迎剑佩星初落,柳拂旌旗露未干;
独有凤凰池上客,阳春一曲和皆难。

【题解】

这首诗,也是和贾至早朝的。

【注释】

①皇州:帝都,指长安。
②仙仗:指皇帝的仪仗。

【译文】

　　五更鸡鸣,京都路上曙光略带微寒;黄莺鸣啭,长安城里已是春意阑珊。望楼晓钟响过,宫殿千门都已打开;玉阶前仪仗林立,簇拥上朝的官员。启明星初落,花径迎来佩剑的侍卫;柳条轻拂着旌旗,一滴滴露珠未干。唯有凤池中书舍人贾至,写诗称赞。他的诗是曲阳春白雪,要和唱太难。

上元应制

蔡 襄

高列千峰宝炬①森,端门方喜翠华临;

宸游②不为三元③夜,乐事还同万众心。

天上清光留此夕,人间和气阁春阴;

要知尽庆华封祝④,四十余年惠爱深。

【题解】

这是正月十五日上元节的应制诗。蔡襄,字君谟,宋朝时候仙游人,仁宗朝,官端明学士,礼部尚书,谥忠惠。

【注释】

①炬:蜡烛。

②宸游:帝王出游。

③三元:农历正月、七月、十月的十五为上元、中元、下元,合称三元。

④华封祝:传说华封地方的人见到尧,祝他多福多寿多子,后人称为华封三祝。

【译文】

元宵佳节,彩灯林立,排列得像一座座山峰,皇帝的御驾已来到皇宫的正门口。圣驾宸游,绝不是单纯地为了元宵之夜观灯,而是要与万民同乐。天上的圆月,清澈皎洁,将清辉洒向人间,天下万民和乐安康，春天的脚步也在花草树木中停留了下来。可将举国上下的欢呼视作古人对帝尧的祝福，因我皇在位四十余年执政为民，仁惠、政治深得人心。

上元应制

王　珪

雪消华月满仙台，万烛当楼宝扇开；
双凤①云中扶辇下，六鳌②海上驾山来。
镐京春酒沾周宴③，汾水秋风④陋汉才；
一曲升平人尽乐，君王又进紫霞杯⑤。

【题解】

这是正月十五日上元节的应制诗。王珪，字禹玉，北宋有名宰相，著名文学家。祖籍成都华阳，小时随叔父迁舒州(今潜山县)定居。与唐初名相王珪同名。

【注释】

①双凤：皇帝御驾前面有一双凤凰的扇牌。

②六鳌：传说中的大海龟，能驮起大山。此处喻指百官朝贺。

③周宴：周武王在镐京大宴群臣事，借指当今皇上在元宵之夜宴请群臣。

④汾水秋风：汉武帝巡游山西，在汾水大宴宾客，作《秋风辞》。借指君臣在宴会上赋诗的盛况。

⑤紫霞杯：皇帝用的名贵酒杯。

【译文】

新春残雪初消,天上皎洁的月光,洒满了宫殿楼台。在千枝万盏烛台中,御座的宫扇左右分开。双凤在前,圣驾从云端中扶着玉辇缓缓下降,五颜六色的彩灯中,百官朝贺。王朝欢庆的盛状犹如西周时的庆典,而君王的才情远胜过汉武帝巡幸汾河时的宴饮赋诗。倾听着歌颂太平盛世的乐曲君民共乐,龙颜大喜,命群臣多饮尽欢。

侍 宴

沈佺期

皇家贵主好神仙,别业初开云汉边;

山出尽如鸣凤岭①,池成不让饮龙川②。

妆楼翠幌教春住,舞阁金铺借日悬;

侍从乘舆来此地,称觞献寿乐钧天。

【题解】

这是随从唐明皇到安乐公主新宅侍宴的应制诗。沈佺期,字云卿,唐相州内黄(今安阳市内黄县)人,官做到礼部员外郎。

【注释】

①鸣凤岭:指陕西凤翔县的岐山,传说中周朝兴起前这里有凤凰鸣叫而得名。

②饮龙川:指渭水,这里曾是文王最初兴起的地方。

【译文】

皇家的公主信奉神仙,别墅盖得直入云霄。假山高得像岐山鸣凤岭,池塘大得超过渭河。起居楼里,翠绿的帷帐垂下,把明媚的春色留了一段在妆镜前。戏台下的椅子上铺着黄色的垫子,金灿灿的,恍然间好像织了太阳在上面。我伴驾同来公主的新宅祝贺,酒宴上大家觥筹交错,纷纷向皇帝敬酒祝寿,一旁还有乐手演奏着钧天乐。

答丁元珍

欧阳修

春风疑不到天涯,二月山城未见花;
残雪压枝犹有橘,冻雷①惊笋欲抽芽。
夜闻啼雁生乡思,病入新年感物华②;
曾是洛阳花下客,野芳虽晚不须嗟!

【题解】

丁元珍是作者的朋友,谪居在边地小邑,所以做这首诗安慰他。欧阳修,字永叔,宋朝时候庐江陵人,官至参知政事,谥文忠。

【注释】

①冻雷:寒日之雷。
②感物华:感叹事物的美好。

【译文】

我怀疑春风吹不到这荒远的天边,不然已是二月,这山城怎么还看不见春花?残余的积雪压在枝头好像有碧桔在摇晃,春雷震破冰,那竹笋也被惊醒了想发嫩芽。夜晚归雁啼叫,勾起了我对故乡的思念,带着病进入新的一年,愈不免感欢景物的变迁。我曾在洛阳做官观赏过那里的奇花异草,山城野花开得虽迟也不必为此嗟叹惊讶。

插花吟

邵 雍

头上花枝照酒卮①,酒卮中有好花枝;
身经两世②太平日,眼见四朝③全盛时。
况复筋骸粗康健,那堪时节正芳菲;
酒涵花影红光溜,争忍花前不醉归。

【题解】

这首诗,是说身居盛世,有安闲自在的乐趣。邵雍,字尧夫,谥康节,与周敦颐、张载、程颢、程颐并称"北宋五子"。

【注释】

①酒卮:同"酒卮"。盛酒的器皿。
②两世:一世为三十年,两世六十年。
③四朝:指宋真宗、宋仁宗、宋英宗、宋神宗四代皇帝。

【译文】

头上插着花枝,正映在酒杯里面,所以酒杯里面就有了好花的影子了。自己这一辈子,经过了六十年太平的日子;两只眼睛,看见四代皇帝全盛的时光。况且是筋骨还算健康,又喜逢百花盛开的芳菲时节。莫说别的,就是酒杯里映着的花影,也觉得红颜生光流动可爱,怎么能不在花前醉饮然后归去呢!

寓 意
晏 殊

油壁香车不再逢,峡云无迹任西东;
梨花院落溶溶月,柳絮池塘淡淡风。
风日寂寥伤酒后,一番萧索禁烟①中;
鱼书②欲寄何由达,水远山遥处处同。

【题解】
这是思念意中人的诗。晏殊,字同叔,宋朝时候临川人,官至参知政事。

【注释】
①禁烟:寒食节。
②鱼书:书信。

【译文】
意中的美人儿,坐着油壁香车,如今是不能够再见着了,好像巫峡的云,没有踪迹,任凭它东西飘散了。看到梨花院落里,只留着溶溶如水的明月;那柳絮池塘边,空吹着淡淡无力的微风。寒食节烟火不生,一片萧瑟的气氛更增加心中的伤感,只好酗酒度过寂寞的时光。我有一封书信,想寄给意中人,却不知怎样才能够到达?你看水有这般远,山有这般遥,怎样送达此信啊。

寒食①

赵鼎

寂寂柴门村落里,也教插柳记年华;
禁烟不到粤人国,上冢亦携庞老家②。
汉寝唐陵无麦饭,山溪野径有梨花;
一樽竟藉青苔卧,莫管城头奏暮笳。

【题解】
　　这首诗,是描写边地过寒食节的光景。赵鼎,南宋政治家、词人,字元镇,自号得全居士。南宋解州闻喜(今属山西)人。宋高宗时的宰相。赵鼎在潮州五年,即绍兴十至十四年(1140-1144),至潮州时是绍兴十年闰六月,故此诗应为绍兴十一年至十四年期间所写。

【注释】
　　①寒食:节令名,清明前一天(一说清明前两天)。相传起于晋文公悼念介子推事,以介子推抱木焚死,就定于是日禁火寒食。
　　②庞老家:指庞德公一家。庞德公,东汉襄阳人,隐居在岘山种田。荆州刺史刘表几次邀他出来做官,他拒绝了,带领全家到鹿门山中采药。后来另一个隐士司马徽来看他,正碰上他上坟扫墓归来。此泛指一般平民百姓全家上坟。

【译文】
　　即使冷冷清清开着几扇柴门的村落里,也还是要插几根杨柳枝条，标志出每年的节令。寒食的传统虽然没有传到遥远的广东，但清明上坟奠祭祖先的礼仪还是和中原一样。时至今日，汉唐两代的王陵巨冢，已经没有人前去祭祀；山边溪间的小路上仍生长着许多梨花。世代更替，非人力所能左右，不如喝上一杯醉卧在青苔上，莫管关城门的号角声是否响起来。

清 明
黄庭坚

佳节清明桃李笑,野田荒冢只生愁;
雷惊天地龙蛇蛰,雨足郊原草木柔。
人乞祭余骄妾妇,士甘焚死不公侯;
贤愚千载知谁是?满眼蓬蒿①共一丘!

【题解】

这是清明节做的诗,有及时行乐的意思。黄庭坚,字鲁直,宋朝时候江西分宁人,官做到侍讲学士。

【注释】

①蓬蒿:杂草。

【译文】

到了清明节,桃花李花都已开放,好似含着笑容一般,但是野田里的荒坟,却令人愁苦。这时雷声一动,震撼天地,那些冬眠的虫蛇,全要出来了;春雨绵绵,郊外一片芳草萋萋,在雨水的润泽下,柔嫩异常。我想起古时有个齐人,乞食墦间,吃那祭余的酒肉,还要回去向他的妻妾炫耀;又有个晋国的介子推,可称志士,情愿被火烧死在荒山上,也不贪公侯的富贵。悠悠千载,谁是谁非?只见眼前许多蓬蒿,他们最后都化为一堆泥土。

清 明

高菊卿

南北山头多墓田,清明祭扫各纷然①;
纸灰飞作白蝴蝶,泪血染成红杜鹃。
日落狐狸眠冢上,夜归儿女笑灯前;
人生有酒须当醉,一滴何曾到九泉②!

【题解】

这一首清明节诗,是说生前实在,死后空虚的道理。高菊卿,宋朝时候人。

【注释】

①纷然:众多繁忙的意思。
②九泉:指人死后埋葬的地方,迷信人指阴间。

【译文】

清明这一天,南山北山到处都是忙于上坟祭扫的人群。焚烧的纸灰像白色的蝴蝶到处飞舞,凄惨地哭泣如同杜鹃鸟哀啼。黄昏时,静寂的坟场一片荒凉,狐狸躺在坟上睡觉,夜晚,上坟归来的儿女们在灯前欢声笑语。因此,人活着时有酒就应当饮,有福就应该享。人死之后,儿女们到坟前祭祀的酒哪有一滴流到过阴间呢?

郊行即事

程 颢

芳原绿野恣行①事,春入遥山碧四围;
兴逐乱红穿柳巷,困临流水坐苔矶。
莫辞盏酒十分劝,只恐风花一片飞;
况是清明好天气,不妨游衍②莫忘归。

【题解】

这是春日郊外游行的诗。

【注释】

①恣行:尽情游赏。
②游衍:是游玩超出范围的意思。

【译文】

我在长满芳草花卉的原野尽情地游玩,目睹春色已到远山,四周一片碧绿。乘着兴致追逐随风飘飞的红色花瓣,穿过柳丝飘摇的小巷;感到困倦时,对着溪边流水,坐在长满青苔的石头上休息。休要推辞这杯酒,辜负十分诚挚劝酒的心意,只是怕风吹花落,一片片飞散了。况且今日是清明佳节,又遇着晴朗的好天气,极宜游乐,但不可乐而忘返。

秋 千

洪觉范

画架双裁翠络偏,佳人春戏小楼前;
飘扬血色裙拖地,断送玉容人上天。
花板润沾红杏雨,采绳斜挂绿杨烟;
下来闲处从容立,疑是蟾宫①谪降仙。

【题解】

这是儿女子打秋千做的诗。洪觉范,即诗僧惠洪,后改名德洪,宋江西鄱阳人,洪皓的孙子,官做到秘阁待制。

【注释】

①蟾宫:月宫,月亮。

【译文】

彩色描画的一座秋千架上,两根翠色的丝绳偏向一侧,原来是一位佳人在小楼前嬉戏。她那拖地的红裙随风飘扬,白玉容颜的美人不时被高高地送上天空。架上这一块花板,沾了红杏花中的微雨,显得格外湿润;两条彩绳,似挂在绿杨柳里的轻烟。少时秋千打毕,她走下架来,从容不迫地站着,好像是从月宫贬谪下来的仙女。

曲江对酒

杜 甫

一片花飞减却春①,风飘万点正愁人;
且看欲尽花经眼,莫厌伤多酒入唇。
江上小堂巢翡翠,苑②边高冢卧麒麟;
细推物理须行乐,何用浮名绊此身。

【题解】

这是在陕西曲江地方,对景饮酒做的诗,有看破宦情的意思。

【注释】

①减却春:减掉春色。
②苑:曲江胜境之一芙蓉苑。

【译文】

一片一片的花瓣飞落下来,让人感到春色已减。如今风把成千上万的花打落在地,怎不令人发愁?且看将尽的落花从眼前飞过,也不再厌烦过多的酒入口。翡翠鸟在曲江上的楼堂上作巢,苑边许多高大的坟墓,荒凉满目,横卧着原来雄踞的石雕墓饰麒麟。仔细推究事物盛衰变化的道理,那就是应该及时行乐,何必让虚浮的荣誉束缚自身呢?

其 二

杜 甫

朝回①日日典春衣,每日江头尽醉归;
酒债寻常随处有,人生七十古来稀。
穿花蛱蝶深深见,点水蜻蜓款款飞;
传语风光共流转②,暂时相赏莫相违。

【题解】
第二首诗是描写做小官的苦况。

【注释】
①朝回:上朝回来。
②共流转:在一起逗留盘桓。

【译文】
上朝回来,天天去典当春天穿的衣服,换得的钱每天到江头买酒喝,直到喝醉了才肯回来。到处都欠着酒债,那是寻常小事,人能够活到七十岁,古来也是很少的了。但见蝴蝶在花丛深处穿梭往来,蜻蜓在水面款款而飞,时不时点一下水。传话给春光,让我与春光一起逗留吧,虽是暂时相赏,也不要违背啊!

黄鹤楼

崔颢

昔人①已乘黄鹤去,此地空余黄鹤楼;
黄鹤一去不复返,白云千载空悠悠!
晴川历历汉阳树,芳草萋萋鹦鹉洲②;
日暮乡关何处去?烟波江上使人愁!

【题解】

这是作者登黄鹤楼时所作的诗,据说李白为之搁笔,曾有"眼前有景道不得,崔颢题诗在上头"的赞叹。崔颢,唐朝汴州人,开元年间的进士,官至司勋员外郎。

【注释】

①昔人:指传说中的仙人子安。因其曾驾鹤过黄鹤山(又名蛇山),遂建楼。

②鹦鹉洲:在湖北省武汉市武昌区西南,根据后汉书记载,汉黄祖担任江夏太守时,在此大宴宾客,有人献上鹦鹉,故称鹦鹉洲。唐朝时在汉阳西南长江中,后逐渐被水冲没。

【译文】

过去的仙人已经驾着黄鹤飞走了,这里只留下一座空荡荡的黄鹤楼。黄鹤一去再也没有回来,千百年来只看见悠悠的白云。阳光照耀下的汉阳树木清晰可见，鹦鹉洲上有一片碧绿的芳草覆盖。天色已晚，眺望远方，故乡在哪儿呢？眼前只见一片雾霭笼罩江面，给人带来深深的愁绪。

旅 怀

崔 涂

水流花谢两无情,送尽东风过楚城[1];
蝴蝶梦中家万里,杜鹃枝上月三更。
故园书动经年绝,华发春催两鬓生;
自是不归归便得,五湖烟景有谁争?

【题解】

这是在客旅中做的感怀诗。崔涂,字礼山,两《唐书》无传,今浙江富春江一带人。唐僖宗光启年进士。久在巴蜀、湘鄂、秦陇为客。

【注释】

①楚城:指湖北、湖南一带的城市,泛指旅途经过的楚地。

【译文】

水不停地流走,花儿不断地凋零,一切都这么无情。正是这无情的时节,我送着最后一缕春风吹过了楚城。睡梦中梦见了万里之外的家乡,醒来时正值夜里三更时分,杜鹃在树枝上凄厉地啼叫。故乡的书信,已有一年多不通,春天万物萌生,镜中的我却已是满头白发了。我现在是因为自己抱负未展而不愿归去,我要归去时自然就归去了,故乡五湖的风景是没有人来和我争抢的。

答李儋

韦应物

去年花里逢君别,今日花开又一年;
世事茫茫难自料,春愁黯黯①独成眠?
身多疾病思田里,邑有流亡②愧俸钱,
闻道欲来相问讯③,西楼望月几回圆?

【题解】
诗人当时在苏州做官,因为李儋有诗寄来,所以作诗去和他。

【注释】
①黯黯:低沉暗淡。
②邑有流亡:指在自己管辖的地区内还有百姓流亡。
③问讯:探望。

【译文】
去年那花开时节我们依依惜别,如今又到花开时节,我们分别已一年。世事渺茫自我的命运怎能预料,只有黯然的春愁让我孤枕难眠。多病的身躯让我想归隐田园间,看着流亡的百姓愧对国家俸禄。早听说你将要来此地与我相见,我几度登上西楼眺望,不知月亮要圆过几次,才能够和你会面呢?

江 村

杜 甫

清江一曲抱^①村流,长夏江村事事幽;
自去自来^②梁上燕,相亲相近^③水中鸥。
老妻画纸为棋局,稚子敲针作钓钩;
多病所须惟药物,微躯^④此外复何求。

【题解】

这是夏天在清江地方所作的诗。

【注释】

①抱:怀拥,环绕。
②自去自来:来去自由,无拘无束。
③相亲相近:相互亲近。
④微躯:微贱的身躯,是作者自谦之词。

【译文】

清澈的江水曲折地绕村流过,长长的夏日里,村中的一切都显得幽雅。梁上的燕子自由自在地飞来飞去,水中的白鸥相亲相近,相伴相随。老妻正在用纸画一张棋盘,预备和友人对弈;小儿子敲打着针作一只鱼钩。但是我时常生病,所需用的只有几味药材,除却这多病身体外,还有什么别的奢求呢?

夏 日

张 耒

长夏江村风日清,檐牙^①燕雀已生成;
蝶衣晒粉^②花枝舞,蛛网添丝屋角晴。
落落疏帘邀月影,嘈嘈虚枕^③纳溪声;
久斑^④两鬓如霜雪,直欲樵渔过此生。

【题解】

本篇是诗人罢官闲居乡里之作。诗人罢官还乡之后,以此为题作诗三首,这是其中之一。张耒,号柯山,字文潜,亳州(今安徽亳州)人,北宋文学家,擅长诗词,为"苏门四学士"之一。官做翰林待制,后来知颖汝二州。

【注释】

①檐牙:指屋檐间伸出的互相勾连的部分,形状像牙齿,故称檐牙。这里指屋檐下。

②蝶衣晒粉:蝴蝶晾晒翅膀。

③虚枕:夏日乘凉用的竹制的中空的枕头。

④久斑:早已经花白。

【译文】

炎热的夏日里,村子里天气难得今天这样的清爽;屋檐下羽翼未满的小燕子和麻雀也将头伸出了窝巢,叽叽喳喳地鸣叫。蝴蝶煽动着翅膀停落在花枝上,使花枝不断地舞动;在晴朗的屋角处,蜘蛛正在添丝补网。眼前是照射在帘子上疏疏落落的月影,响在枕畔的是小溪潺潺流淌的水声。久已花白的头发如今像霜雪一般白了,不如就做个樵夫或渔翁度过余生吧。

辋川积雨

王 维

积雨空林烟火迟,蒸藜炊黍饷东菑①;
漠漠②水田飞白鹭,阴阴夏木啭黄鹂。
山中习静观朝槿,松下清斋③折露葵;
野老与人争席罢④,海鸥何事更相疑?

【题解】
这首诗,是描写辋川别墅雨后的景致。

【注释】
①饷东菑:给在东边田里干活的人送饭。
②漠漠:形容广阔无际。
③清斋:谓素食,长斋。
④争席罢:指自己要隐退山林,与世无争。

【译文】
连日雨后,树木稀疏的村落里炊烟冉冉升起。烧好的粗茶淡饭是送给村东耕耘的人。广阔平坦的水田上一行白鹭掠空而飞;田野边繁茂的树林中传来黄鹂宛转的啼声。我在山中修身养性,观赏朝槿晨开晚谢;在松下吃着素食,去采那带露的嫩葵叶。我已经是一个从追名逐利的官场中退出来的人,而鸥鸟为什么还要猜疑我呢?

新 竹

黄庭坚

插棘编篱①谨护持,养成寒碧映涟漪;
清风掠地秋先到,赤日行天午不知。
解箨②时闻声簌簌,放梢初见影离离;
归闲我欲频来此,枕簟仍教到处随。

【题解】

这是描写新竹的诗,并说归闲的乐趣。据考证作者当为南宋陆游,题作《东湖新竹》。

【注释】

①插棘编篱:用荆棘编成篱笆。

②解箨(tuò):竹竿生长过程中逐步脱落的外壳。

【译文】

用棘刺编成一带篱笆,谨慎地保护那新竹,养成了它凝寒的碧色,映在清洁流动的水中。这时候正当炎夏,清风掠地而起,好像秋凉天气先已到了这里;哪怕红艳艳的太阳正当空,也不知道炎热了。当它笋壳卸下时,可以听到细碎的声音,等到它拔节,可以看见它清疏的影子。退归闲暇的时候,我常常想到这里来走走,但是枕头席子,还须要随身带来,才好安歇呢。

偶 成

程 颢

闲来无事不从容,睡觉①东窗日已红;
万物静观皆自得,四时②佳兴与人同。
道通天地有形外,思入风云变态中;
富贵不淫贫贱乐,男儿到此是豪雄。

【题解】

这是偶然而成的诗,深合道体。

【注释】

①觉:醒。
②四时:四季。

【译文】

日子闲散的时候,没有一样事情不自如从容,往往一觉醒来,东边的窗子早已被日头照得一片通红。静观万物,都可以得到自然的乐趣,人们对一年四季中美妙风光的兴致都是一样的。道理贯通天地之间一切有形无形的事物,思想渗透在风云变幻之中。只要能够富贵而不骄奢淫逸,贫贱而能保持快乐,这样的男子汉就是英雄豪杰了。

表兄话旧

窦叔向

夜合花开香满庭,夜深微雨醉初醒;
远书珍重何曾达,旧事凄凉不可听。
去日儿童皆长大,昔年亲友半凋零;
明朝又是孤舟别,愁见河桥酒幔青!

【题解】

这是和表兄叙谈旧事而作的诗。窦叔向,字遗直,唐扶风(今陕西省咸阳)人。

【译文】

夏日的深夜,小雨轻轻地下着,庭院里百合花的清香阵阵袭来,我从酣睡中醒来,和兄弟叙起往事,想起远处寄来的书信,何等贵重。我用什么话儿来回答他呢?家中的事情,件件桩桩都够凄凉的。当年离别时的那些孩子都已经长大成人,过去的亲戚大部分已经亡故,明天一早又要孤零零地乘船远离,想起河桥下青色的酒幔,心中不由得一阵忧愁,因为又要在那里与亲人分别饯行。

游月陂

程 颢

月陂堤上四徘徊,北有中天百尺台;
万物已随秋气改,一樽①聊为晚凉开。
水心云影闲相照,林下泉声静自来;
世事无端何足计,但逢佳节约重陪。

【题解】
这是游览寺院名胜,在那月殿上作的诗。

【注释】
①樽:酒杯。

【译文】
我来到月陂堤上,四周走了好一会,望见正北方面,有一座上接天空的百尺高台。这个时候,眼前万种的景物,已跟着秋气改变了,那一杯酒,姑且为了天晚凉爽来吃的。此间更有水中的云影,悠闲地相照着,林下的泉声,静静地流着。世界上的事物,变幻多端,何必与他计较,只要遇着好的时节,约几个朋友,再来陪伴我游玩就好。

秋 兴

杜 甫

千家山郭静朝晖,日日江楼坐翠微;
信宿^①渔人还泛泛,清秋燕子故飞飞。
匡衡^②抗疏功名薄,刘向^③传经心事违;
同学少年多不贱,五陵裘马自轻肥^④。

【题解】

是诗共有八首,今选其三,这是描写秋景,托言寄寓的诗。

【注释】

①信宿:再宿。这里有一天又一天的意思。

②匡衡:字雅圭,汉朝人。因上疏言政,得汉元帝的赏识,迁光禄大夫、太子少傅。

③刘向:字子政,汉朝经学家。宗室,历仕宣帝、元帝、成帝三朝,屡次上书言事,以忠直闻名,为权贵所忌。

④轻肥::即轻裘肥马,比喻富贵。

【译文】

白帝城里千家万户静静地沐浴在秋日的朝晖中,我天天去江边的楼上,坐着看对面青翠的山峰。连续两夜在船上过夜的渔人,仍泛着小舟在江中漂流,虽已是清秋季节,燕子仍然展翅飞来飞去。汉朝的匡衡向皇帝直谏，他把功名看得很淡薄，刘向传授经学，怎奈事不遂心。古人尚且如此，我更是不必说了，年少时一起求学的人大都已飞黄腾达了，他们在长安附近的五陵，穿轻裘，乘肥马，过着富贵的生活。

秋 兴

杜 甫

蓬莱宫阙对南山,承露金茎霄汉间;

西望瑶池降王母,东来紫气满函关①。

云移雉尾开宫扇,日绕龙鳞识圣颜;

一卧沧江惊岁晚,几回青琐②点朝班。

【题解】

是诗共有八首,今选其五,这是描写秋景,托言寄寓的诗。

【注释】

①函关:函谷关,用老子骑牛过函谷关的典故。

②青琐:原指装饰皇宫门窗的青色连环花纹,后借指宫廷。

【译文】

长安建都的地方,游蓬莱仙境一般的宫阙,对着那边终南山,承露的金茎高耸在九霄云里,青鸟报信,西王母自瑶池驾临,紫气弥漫,老子骑牛西去。记得当年朝上,雉尾扇开合如同祥云移回,日光沐浴着圣殿,分明瞻仰了帝主的容颜。记得当年位列朝班,意气风发,而现在,我在沧江上面一睡后惊醒,已经暮岁年晚了。

秋 兴

杜 甫

玉露凋伤枫树林,巫山巫峡气萧森;
江间波浪兼天涌,塞上风云接地阴。
丛菊两开他日泪,孤舟一系故园心;
寒衣处处催刀尺①,白帝城高急暮砧。

【题解】
是诗共有八首,今选其一,这是描写秋景,托言寄寓的诗。

【注释】
①刀尺:裁衣服的刀和尺。

【译文】
枫树在深秋露水的侵蚀下逐渐凋零、残伤,巫山和巫峡也笼罩在萧瑟阴森的迷雾中。巫峡里面波浪滔天,关塞的乌云则像是要压到地面上来似的,天地一片阴沉。花开花落已两载,看着盛开的花,想到两年未曾回家,就不免伤心落泪。小船还系在岸边,虽然我不能东归,飘零在外的我,心却长系故园。白帝城上捣制寒衣的砧声一阵紧似一阵,又在赶制冬天御寒的衣服了。看来又一年过去了,我对故乡的思念也愈加凝重,愈加深沉。

秋 兴

杜 甫

昆明池水汉时功,武帝旌旗在眼中;
织女机丝虚①夜月,石鲸鳞甲动秋风。
波漂菰米②沉云黑,露冷莲房坠粉红;
关塞极天惟鸟道③,江湖满地一渔翁。

【题解】
是诗共有八首,今选其七,这是描写秋景,托言寄寓的诗。

【注释】
①虚:辜负。
②菰(gū)米:菰之实,古以为六谷之一。
③鸟道:只有鸟才能通过的小路。

【译文】
陕西有个昆明池,我见了这池里的水,就想起汉武帝曾在昆明池上练习水兵,一面面战旗迎风击鼓。池中石刻的织女辜负了美好的夜色,只有那巨大的鲸鱼还会在雷雨天与秋风共舞。波浪中的菰米丛犹如黑云聚拢,莲子结蓬,红花坠陨。时至今日,关塞上烽火连天,道途梗阻,惟有偏僻的小路可走,彷佛江湖满地,只好做一个驾小舟的老渔翁了。

月夜舟中

戴复古

满船明月浸虚空,绿水无痕夜气冲;
诗思浮沉樯①影里,梦魂摇曳橹②声中。
星辰冷落碧潭水,鸿雁悲鸣红蓼风;
数点渔灯依古岸,断桥垂露滴梧桐。

【题解】

这是泛舟月下,描写秋天夜景而作的诗。

【注释】

①樯:帆船上挂风帆的桅杆,引申为帆船或帆。
②橹:拨水使船前进的工具。

【译文】

月夜,装载着明月清光的船在水上飘浮,好象沉浸在虚空中一样。平静澄澈的江水,散发着秋夜逼人的寒气。我的诗兴在浮沉的帆影中起伏,梦魂恍惚在不定的橹声中动荡。碧潭水中静静地映照出天上星辰,蓼草风声伴随着鸿雁悲鸣。停船靠岸的旧渡口闪耀着几点渔家灯火,梧桐叶上坠落下来的露珠滴在断桥上。

长安秋望

赵嘏

云物^①凄凉拂曙^②流,汉家宫阙动高秋;

残星几点雁横塞,长笛一声人倚楼。

紫艳半开篱菊静,红衣落尽渚莲愁;

鲈鱼正美不归去,空戴南冠学楚囚^③。

【题解】

这是在长安眺望秋天景色的诗,有思乡的感想。赵嘏(gǔ),字承佑,唐朝时候人,官至渭南尉。

【注释】

①云物:指天空中的云雾。

②拂曙:拂晓。

③楚囚:原指被俘到晋国的楚国人,后泛指处于困境,无计可施的人。

【译文】

秋天拂晓时,天上的云雾都带着曙光将出的寒意,唐朝的宫殿的周围呈现出深秋的景象。残星几点,群雁从塞外飞来,有人倚楼吹着长笛,曲调悠扬婉转。篱边半开的菊花呈现出紫艳之色,静悄悄的,水面的莲花凋零,红衣尽卸。家乡的鲈鱼正美,但自己不能回去,却要像钟仪那样戴着南冠,学着楚囚的样儿羁留他乡。

新 秋

杜 甫

火云①犹未敛奇峰,欹枕初惊一叶风;
几处园林萧瑟里,谁家砧杵寂寥中?
蝉声断续悲残月,萤焰②高低照暮空;
赋就金门期再献,夜深搔首叹飞蓬!

【题解】
　　这首诗,虽是描写新秋景象,却也表露了诗人感叹时光易逝,功名难就的苦闷心情。

【注释】
①火云:俗称火烧云。
②萤焰:萤火。

【译文】
　　火一般的红云还没有收敛,像变幻的奇峰,我斜倚在枕头上面,才惊觉秋风吹得梧桐叶落了。试看几处园林,已陷入萧条的景象里,不知哪家捣衣声在寂寥中传来。蝉的声音,断断续续地悲吟残月;萤的火焰,高高低低地映照暮空。今天做了一首诗,指望到金马门前,再行进献。怎奈夜深以后,搔搔自己的头,窃叹年纪衰老,鬓发已像飞蓬一样的了!

中 秋

李 朴

皓魄当空宝镜升,云间仙籁寂无声;

平分秋色一轮满,长伴云衢①千里明。

狡兔空从弦外落,妖蟆休向眼前生;

灵槎①拟约同携手,更待银河澈底清。

【题解】

这是在中秋夜所作的诗。李朴,字先之,宋虔州兴国(今江西省兴国县)人。

【注释】

①云衢:天空。

②灵槎:神话中能乘往天河的船筏。

【译文】

明亮的月光,高挂天空,好像一面宝镜升了起来,云端里的仙乐,寂静无声。这时候,秋色对半均分,月亮似车轮一般圆满,整晚照彻高空,千里通明。这圆月之夜,我仿佛看到玉兔在从桂枝边灵巧般跳跃,想落到人间。妖蟆呀你休要用你的阴影挡住我专注的眼神。玉兔啊,你别落下,今夜我打算在银河更加清澈的时分,坐上仙人的木筏,与你相约仙境,携手共渡这美好时光。

九日蓝耕会饮

杜 甫

老去悲秋强自宽,兴来今日尽君欢;

羞将短发还吹帽,笑倩①旁人为正冠。

蓝水远从千涧落,玉山高并两峰寒;

明年此会知谁健,醉把茱萸②仔细看。

【题解】

这是九月九日重阳节在陕西蓝田,会聚宴饮做的诗。

【注释】

①倩:请。

②茱萸:是一种常绿带香的植物,具备杀虫消毒、逐寒祛风的功能。按中国古人的习惯,在九月九日重阳节时爬山登高,臂上佩带插着茱萸的布袋(古时称"茱萸囊"),以示对亲朋好友的怀念。

【译文】

人到年老时候,都不免悲观,每感着衰秋的景象,只好勉强自己宽慰罢了,但是高兴起来,正可趁着今日重阳佳节,多喝几杯酒,同大家尽情欢乐。席间令我羞愧的事情还是发生了,秋风吹落了我的帽子,露出了我短短的头发,尴尬之余只得请一旁的人帮我重新戴好它。蓝田县东的蓝水流过了千百条山涧，从高高的蓝山落下，而蓝山两座高高的山峰则依然立在远处。醉眼看到了象征长寿吉祥的茱萸，在心里问它：明年朋友还会再次相聚么？

秋 思

陆 游

利欲驱人万火牛,江湖浪迹一沙鸥;
日长似岁闲方觉,事大如天醉亦休?
砧杵①敲残深巷月,井梧摇落故园秋;
欲舒老眼无高处,安得元龙②百尺楼。

【题解】
这是在秋天所作的感怀诗。

【注释】
①砧杵:指捣衣石和棒槌。
②元龙:陈元龙,即陈登,三国时人,素有扶世救民的志向。

【译文】
利欲驱使人东奔西走,如同万头火牛奔突一样,倒不如做个江湖之人,浪迹天涯,像沙鸥鸟那样自由自在。夏日里一日长似一年,闲暇无所事事的时候才感觉如此,即使是天大的事,喝醉了也就无事了。在捣衣棒的敲击声中,深巷里的明月渐渐西沉,井边的梧桐树忽然摇动叶落,方知故乡也是秋天了。想极目远眺,苦于没有登高的地方,哪能像陈登站在百尺楼上,高论天下大事呢!

与朱山人

杜 甫

锦里^①先生乌角巾^②，园收芋栗未全贫；
惯看宾客儿童喜，得食阶除^③鸟雀驯。
秋水才深四五尺，野航恰受两三人；
白沙翠竹江村暮，相送柴门月色新。

【题解】

时杜甫居成都浣花草堂，南邻有朱山人名朱希真，以诗相赠。

【注释】

①锦里：指锦江附近的地方。

②角巾：四方有角的头巾。

③阶除：指台阶和门前庭院。

【译文】

锦里先生朱山人头戴黑色方巾，他的园子里，每年可收许多的芋头和板栗，不能算是穷人。他家常有宾客来，孩子们都习惯了，总是乐呵呵的，鸟雀也常常在台阶上觅食，它们已被驯服了。秋天锦江里的水深不过四五尺，野渡的船只能容下两三个人。天色已晚，江边的白沙滩，翠绿的竹林渐渐笼罩在夜色中，锦里先生把我们送出柴门，此时一轮明月刚刚升起。

闻 笛

赵 嘏

谁家吹笛画楼中,断续声随断续风;
响遏①行云横碧落,清和冷月到帘栊。
兴来三弄有桓子②,赋就一篇怀马融③;
曲罢不知人在否,余音嘹亮尚飘空。

【题解】

这是听得笛声后所作的诗。

【注释】

①遏:停止。

②桓子:即桓伊,东晋将领、名士、著名音乐家。

③马融:东汉时期著名经学家,有《长笛赋》。

【译文】

谁在画楼里吹笛子?断续的笛声,随着断续的微风飘来。天上的行云都停下来听,清澈的笛声也伴着清冷的月光进入了我的窗户。像晋朝的桓伊一样,兴致来了,吹奏梅花三弄;汉朝马融听了美乐,即时写就一篇《长笛赋》。笛声停了,那位吹笛的人还在画楼里吗?天空里似乎还飘荡笛子的余音。

冬 景

刘克庄

晴窗早觉爱朝曦，竹外秋声渐作威；
命仆安排新暖阁，呼童熨贴旧寒衣。
叶浮嫩绿①酒初熟，橙切香黄蟹正肥；
蓉菊满园皆可羡，赏心从此莫相违。

【题解】

这是一首描写秋末冬初时景致的诗作。

【注释】

①叶浮嫩绿：像竹叶一样嫩绿的泡沫。

【译文】

早上醒来，我最喜欢看看窗外温暖的阳光。突然听到竹林外一阵秋风吹起，越来越猛烈，看来冬天到了。我于是要仆人在阁楼里放上取暖的火炉，把去年的棉衣烫平，然后端出新酿好的美酒，酒上还浮着像竹叶一样嫩绿的泡沫，准备好又青又黄的橙子和新鲜肥美的螃蟹。秋日里，芙蓉和菊花开满了园子，散发着一阵一阵的清香，这样好的景色真让人感到高兴，让我们尽情地欣赏这美景，品尝这美食，不要错过这样美好的时光。

冬 景

杜 甫

天时人事日相催,冬至阳生春又来;
刺绣五纹添弱线①,吹葭②六管动飞灰③。
岸容待腊将舒柳,山意冲寒欲放梅;
云物不殊乡国异,教儿且覆掌中杯。

【题解】
这是冬至时节所作的诗,有触景生情之感。

【注释】
①添弱线:古代女工刺绣,因冬至后,白天渐长,就可以多绣几根丝线。
②葭:初生的芦苇。
③动飞灰:古时为了预测时令变化,将芦苇茎中的薄膜制成灰,放在律管内,每到节气到来,律管内的灰就相应飞出。飞灰:一作"浮灰"。

【译文】
天时人事,每天变化得很快,转眼又到冬至了,过了冬至白日渐长,天气日渐回暖,春天即将回来了。刺绣女工因白昼变长而可多绣几根五彩丝线,吹管的六律已飞动了葭灰。堤岸好像等待腊月快点的过去,好让柳树舒展枝条,抽出新芽。山也要冲破寒气,好让梅花开放。我虽然身处异乡,但这里的景物与故乡的没有什么不同之处,因此,让小儿斟上酒来,一饮而尽。

山园小梅

林 逋

众芳摇落独暄妍,占尽风情向小园;
疏影横斜①水清浅,暗香浮动②月黄昏。
霜禽欲下先偷眼,粉蝶如知合断魂;
幸有微吟可相狎,不须檀板③共金樽。

【题解】

逋仙爱梅,故作此诗。林逋,北宋诗人,字和靖,恬淡好古,隐居于西湖孤山,与梅花、仙鹤作伴,称为"梅妻鹤子"。

【注释】

①疏影横斜:梅花疏疏落落,斜横枝干投在水中的影子。
②暗香浮动:梅花散发的清幽香味在飘动。
③檀板:演唱时用的檀木柏板,此处指歌唱。

【译文】

百花凋零,独有梅花迎着寒风昂然盛开,那明媚艳丽的景色把小园的风光占尽。稀疏的影儿,横斜在清浅的水中,清幽的芬芳浮动在黄昏的月光下。寒雀想飞落下来时,先偷看梅花一眼;蝴蝶如果知道梅花的妍美,定会早断了芳魂。幸喜我能低声吟诵,和梅花亲近,不用敲着檀板唱歌,执着金杯饮酒来欣赏它了。

左迁①至蓝关示侄孙湘

韩 愈

一封朝奏九重天,夕贬潮州路八千;
欲为圣朝除弊政②,肯将衰朽惜残年!
云横秦岭家何在?雪拥蓝关马不前;
知汝远来应有意,好收吾骨瘴江③边!

【题解】
这是韩愈谏迎佛骨,贬官潮州,路遇侄子韩湘,所以作这首诗,寄托他心里的感慨。

【注释】
①左迁:降职,贬官。
②弊政:政治上的弊端,指迎佛骨事。
③瘴江:指岭南瘴气弥漫的江流。

【译文】
一篇谏书早晨上奏给皇帝,晚上就被贬官到路途遥远的潮州去。本来想替皇上除去有害的事,哪能因衰老就吝惜残余的生命。云彩横出于南山,我的家在哪里?在白雪厚积的蓝田关外,马也停住脚步。知道你远道而来定会有所打算,正好在瘴江边收殓我的尸骨。

干 戈

王 中

干戈①未定欲何之?一事无成两鬓丝;
踪迹大纲王粲②传,情怀小样杜陵③诗。
鹡鸰④音断人千里,乌鹊巢寒月一枝;
安得中山千日酒⑤,酕然直到太平时。

【题解】

身逢宋末战乱,诗人一生漂泊,晚来却仍然一事无成。这不能不使他悲从中来,感慨万端。王中,字枳翁,南宋诗人。

【注释】

①干戈:战争。
②王粲:字仲宣,东汉末年人。有才略,善诗文。
③杜陵:杜甫,杜甫号少陵野老。
④鹡鸰:鸟名,此处比喻兄弟。
⑤中山千日酒:《搜神记》:"狄希,中山人也。能造千日酒,饮之亦千日醉。"

【译文】

战争没完没了,无处可以躲避;事业无成,两鬓已斑白。我的来往踪迹和三国时的王粲差不多,若说情怀则和唐朝的杜甫所作的诗相同。兄弟失散音信断绝，相隔千里之遥；我在外流离失所，也像乌鹊一样找不到栖息之所，只能在月空照下的枯枝上筑寒巢独栖。哪里能买到中山仙人酿的好酒，让我一醉到天下太平时再醒来呢？

归 隐

陈 抟

十年踪迹走红尘,回首青山入梦频;
紫绶①纵荣争及睡,朱门②虽富不如贫。
愁闻剑戟③扶危主,闷听笙歌聒醉人;
携取旧书归旧隐,野花啼鸟一般春。

【题解】

这是有感世乱,归隐华山时所作的诗。陈抟,字图南,号扶摇子,希夷先生,北宋著名的道学家。

【注释】

①紫绶:紫色丝带,古代高级官员用作印组,或作服饰。
②朱门:豪门大户。
③剑戟:剑、戟都是兵器,这里指手持剑戟的武官。

【译文】

我自想近十年来,踪迹不定,走遍了红尘世界,回头一望,那座旧游的青山,还时常到我梦里来的。你看那些做官的人,挂着紫色的印绶,纵使荣耀得很,哪里比得上安睡的舒适;朱红漆大门的富贵人家,倒底不如贫贱的清闲。我所忧愁的,是听到手持剑戟的武官,扶助着快要危亡的君主；我所烦闷的，是那乐奏笙歌的娼妓，闹醒了沉醉的高人。还是拿着几卷旧书，回到旧日住的地方，隐居不出来的好。那里有可爱的野花，可听的啼鸟，供我怡情悦目。

时世行

杜荀鹤

夫因兵乱守蓬茅,麻苎①裙衫鬓发焦;
桑柘废来犹纳税,田园荒尽尚征苗。
时挑野菜和根煮,旋斫②生柴带叶烧;
任是深山最深处,也应无计避征徭。

【题解】

这是因为悲伤时世而作的诗。杜荀鹤,唐朝人,大顺二年进士。此诗一名《山中寡妇》。

【注释】

①麻苎:即苎麻。

②旋斫:现砍。

【译文】

丈夫因战乱死去,留下妻子困守在茅草屋里,穿着粗糙的苎麻衣服,鬓发枯黄面容憔悴。桑树柘树都荒废了,再也不能养蚕,却要向官府交纳丝税,田园荒芜了却还要征收青苗捐。经常挑些野菜,连根一起煮着吃,刚砍下的湿柴带着叶子一起烧。任凭你跑到深山更深的地方,也没有办法可以躲避赋税和徭役。

送天师
宁献王

霜落芝城柳影疏,殷勤送客出鄱湖;

黄金甲锁雷霆印,红锦韬①缠日月符②。

天上晓行骑只鹤,人间夜宿解双凫;

匆匆归到神仙府,为问蟠桃熟也无。

【题解】

这首诗,是送江西龙虎山张天师,朝罢回山做的。宁献王是明太祖的儿子,朱权,封于南昌。

【注释】

①红锦韬:装符表的红色丝套。

②日月符:能驱动日月的灵符。

【译文】

这时候,塞霜落到芝城,杨柳的影子也觉得稀疏了,我今日殷勤送客,出了鄱阳湖。见那黄金的甲胄,锁着雷霆号命的天师宝印;红锦缎的套囊,缠着能驱动日月的天师灵符。那日进京朝见,好似天上晓行,骑着一只云中的仙鹤;现在出京去,似在人间夜宿,解下一双脚上的飞凫。急匆匆回到神仙府邸,请替我借问一声,那园中的蟠桃,不知道熟了没有?

送毛伯温

明世宗

大将南征胆气豪,腰横秋水雁翎刀;
风吹鼍鼓①山河动,电闪旌旗日月高。
天上麒麟②原有种,穴中蝼蚁③岂能逃;
太平待诏归来日,朕与先生解战袍。

【题解】

毛伯温官封南昌伯,因为安南国造反,皇帝命他领兵出去征伐,故作此诗相赠。明世宗,就是嘉靖帝。

【注释】

①鼍(tuó)鼓:用鳄鱼皮做成的战鼓。
②麒麟:一种传说中的神兽,这里用比喻来称赞毛伯温的杰出才干。
③蝼蚁:蝼蛄和蚂蚁,这里用来比喻安南叛军不堪一击,不成气候。

【译文】

将军你讨伐南方,胆气豪迈无比,腰间的钢刀如同一泓秋水般明亮。风吹电闪之中旌旗飘扬,战鼓擂动,山河震动,日月高悬。将军神勇天生,犹如天上麒麟的后代,敌人如同洞里的蝼蚁一般,哪里还能逃走呢?等到天下太平,将军奉诏班师回朝的时候,我亲自为将军解下战袍,为将军接风。

谦德国学文库丛书

(已出书目)

弟子规·感应篇·十善业道经	诗经
三字经·百家姓·千字文·德育启蒙	史记
	汉书
千家诗	后汉书
幼学琼林	三国志
龙文鞭影	道德经
女四书	庄子
了凡四训	世说新语
孝经·女孝经	墨子
增广贤文	荀子
格言联璧	韩非子
大学·中庸	鬼谷子
论语	山海经
孟子	孙子兵法·三十六计
周易	素书·黄帝阴符经
礼记	近思录
左传	传习录
尚书	洗冤集录

颜氏家训	酉阳杂俎
列子	商君书
心经·金刚经	读书录
六祖坛经	战国策
茶经·续茶经	吕氏春秋
唐诗三百首	淮南子
宋词三百首	营造法式
元曲三百首	韩诗外传
小窗幽记	长短经
菜根谭	虞初新志
围炉夜话	迪吉录
呻吟语	浮生六记
人间词话	文心雕龙
古文观止	幽梦影
黄帝内经	东京梦华录
五种遗规	阅微草堂笔记
一梦漫言	说苑
楚辞	竹窗随笔
说文解字	国语
资治通鉴	日知录
智囊全集	帝京景物略